天才弁護士の孫娘

比良坂小夜子と御子神家の一族

雨宮 周

角川文庫
23223

Contents

プロローグ

「それ以上、罪を重ねないでください」

説得の言葉を口にしながら、比良坂《ひらさか》小夜子《さよこ》は言いようのない無力感を覚えていた。

こんなとき祖母なら人の心を打つ名科白《せりふ》がぽんぽん出てくるのだろうが、しょせん凡人の自分に言えるのはこの程度が関の山である。

案の定、陳腐な言葉が相手に届くはずもなく、小夜子の目の前に血濡《ぬ》れの短刀が突き付けられた。

脅しではない。なにしろ相手はすでに何人も手にかけている連続殺人犯なのだ。

（あ、私ここで死ぬのかな）

そう思った瞬間、小夜子の脳内をこれまでの人生が走馬灯のように駆け巡った。

五歳のとき父の再婚によって祖母に引き取られたこと。

祖母に言われるままに弁護士を目指し、ひたすら勉学に励んだこと。

祖母の徹底指導のもとで志望大学の法学部に合格したこと。

祖母の徹底指導のもとで予備試験に合格したこと。

祖母の徹底指導のもとで司法試験に合格したこと。

祖母のコネで坂上《さかがみ》法律事務所に採用されたこと。

祖母の葬式で涙も出ずに呆然《ぼうぜん》としていたこと。

初めての法廷でやらかしたこと。

二度目の法廷でもやらかしたこと。

所長に「もっと自信をもって！　君は貴夜子《きよこ》さんの孫なんだから！」と励まされたこと。

先輩弁護士の葛城一馬《かつらぎかずま》に「お前やる気あるのか」と叱られたこと。

葛城一馬に「お前なぁ、マジでいい加減にしろよ」と凄《すご》まれたこと。

葛城一馬に「お前なんで弁護士やってんの？」と呆《あき》れられたこと。

思い返せばろくなことのない人生だったが、終わると思えばやはり惜しい。小夜子は基本的に低燃費な人間なので、コンビニスイーツの新作やお気に入りのウェブ小説の更新といったささやかな幸せのためだけにでも生きていける。

そうだ。あの小説の結末を読まずに死にたくない。浮気《うわき》者の王太子が「ざまぁ」されるのを見届けるまでは死ぬに死ねない。ヒロインの公爵令嬢が誰と結ばれるのかもちゃんと知りたい。希望としては頼もしい辺境伯だが、優しい義弟も悪くない。元鞘《さや》だけは許せない。

などと現実逃避している間にも、じりじりと白刃は迫りくる。

なぜこんなことになったのか。なぜこんな状況に陥っているのか。突きつめれば結局のところ、ひとつの答えにたどり着く。

(こんなことになったのは、全て御子神《みこがみ》季一郎《きいちろう》の残したろくでもない遺言のせいだ……!)

そして相手が短刀を振り上げた次の瞬間、比良坂小夜子の視界は闇に閉ざされた。

第一章　天才弁護士の孫娘

若手弁護士、比良坂小夜子のもとに御子神《みこがみ》家からの依頼が舞い込んできたのは、担当していた離婚事件の処理が一段落し、事務所でゆったりとお茶を楽しんでいたときのことだった。

離婚は相手方の不貞を理由とするもので、小夜子の仕事はポルノ紛《まが》いの証拠動画を丹念に見返しては「分かりやすい」場面を選んでプリントアウトし、裁判用に編集するという地獄のような作業がその大半を占めていた。

時おり「私なにやってんだろう」と我に返りそうになりつつも、ひたすら心を無にして作業を進めた甲斐《かい》あって、ほぼ依頼者の望み通りの判決を勝ち取ることに成功した。

離婚は成立したし慰謝料も取れた。依頼者からは感謝されたし、坂上所長にもお褒めの言葉をいただいた。あの葛城にさえ叱られなかった。

（良かった。首の皮一枚繋《つな》がった）

小夜子は熱いほうじ茶を飲みながら、ほうと満足のため息を漏らした。

今度失敗したらさすがにまずいと思っていたが、なんとか回避することができた。

まあ葛城には「ほとんど自力で証拠を集めてきた依頼者自身の手柄だろ。こんな楽勝案件で敗北できたら逆にすげぇよお前」と言われたが、それにしたって勝ちは勝ちだ。

こういうのでいい。こういうのがいい。

華麗な逆転劇なんて、分不相応な夢は目指さない。

自分の弁護士としての才能には、とうに見切りをつけている。

（今日はお祝いにコンビニで新作デザートを大人買いしようかな。それとも事務所近くのケーキ屋さんで豪遊するのもいいかもしれない。あそこの苺《いちご》のホールケーキ、前から気になってたんだよね）

そんなことを考えながら立ち上がりかけたちょうどそのとき、坂上ユイ子《こ》が小夜子に声をかけてきた。

「比良坂センセイ、父さん……じゃなかった所長が呼んでますよ。なんか新しい依頼の件だって言ってました」

「新しい依頼？　なんだろう」

「遺言のなんとかって言ってましたねー」

「遺言のなんとかね。分かった。行ってみるよ」

所長の娘である坂上ユイ子は大学中退のフリーターだが、数年前から事務所の雑用係を務めている。所長が「これをきっかけに弁護士の仕事に興味を持ってくれたら！」と願っているのは半ば公然の秘密だが、当のユイ子は父親の期待など歯牙《しが》にもかけず、あくまで金銭目的のアルバイトであることを隠そうともしない。その一貫して我が道を行く姿勢は、いっそ清々《すがすが》しいほどだ。


小夜子が所長室に入ると、坂上は分厚い資料から顔を上げた。

「やあ、もう帰るところだったのに、呼び出して悪かったね」

「とんでもありません。それで、お話って何でしょう」

「うん、小夜子ちゃんに仕事の依頼が来てるんだよ」

坂上は布袋《ほてい》様のような福々しい顔に人の好《よ》さそうな笑みを浮かべて言った。

ちなみにこの「小夜子ちゃん」という呼び方にセクハラ的な意図はなく、単に小夜子が小学生のころからの知り合いのため、当時の呼び名がそのまま定着しているだけである。

「私にって、つまり私を個人指名しているんですか？」

「うん、比良坂小夜子弁護士をご指名だよ。依頼者の父親が一か月くらい前に亡くなったんだけど、検認で遺言を開いてみたら、遺言《いごん》執行者に小夜子ちゃんが指定されてたんだって」

坂上の言う検認とは家庭裁判所による検認手続のことである。

遺言は公正証書によるものを除いて、まず家庭裁判所で遺言内容を確認してもらう必要があり、これを検認手続という。発見されたままの遺言書を公的機関が確認することで、後日の改ざんを防ぐための制度である。

「その亡くなったお父様はなんとおっしゃるんですか？」

「御子神季《き》一郎《いちろう》さんだよ。うちに連絡してきたのは彼の長男の御子神夏彦《なつひこ》さん。季一郎さんはミコガミっていう刃物メーカーの創業者で、業界じゃちょっとした有名人らしい」

御子神季一郎も御子神夏彦も聞いたことがない名前である。これまで刃物業界の仕事を受けた経験もない。小夜子は嫌な予感を覚えた。

「もしかしてその亡くなった方は、祖母の知り合いなんでしょうか」

「うん。貴《き》夜《よ》子《こ》さんが前に季一郎さんの事件を担当したことがあるから、小夜子ちゃんを指名したのもそれでじゃないかな」

「やっぱり……」

予想通りの返答に、小夜子はがっくりと肩を落とした。

普段は事務所から回してもらう小さな仕事でちまちまと稼いでいる小夜子だが、時おり名指しでとんでもない大物の依頼が舞い込んでくることがある。その指名理由には決まってひとつの共通点があった。

天才弁護士、比良坂貴夜子。

比良坂小夜子の祖母にして、坂上所長の師匠に当たるこの人物は、法曹界では誰知らぬ者もないスーパースターだ。

民事刑事を問わず自分が「面白い」と思った事件を受けまくり、そのことごとくで勝利する。ついたあだ名が「負け知らず」。生きているころから伝説で、死んだのちは神になった。冗談ではなく、祖母の墓前では時おり見知らぬ弁護士が、柏手《かしわで》を打って必勝祈願するほどだ。

だから小夜子が法曹や捜査関係者の前で「比良坂」と名乗ると、決まって「ああ、あの比良坂先生の！」という反応を示される。そして当然のように畏敬《いけい》や羨望《せんぼう》、あるいは敵意を浴びせられ、それが次第に失望や嘲笑《ちょうしょう》へと変わっていくのを何度経験したことか。

「その案件、お断りしたら駄目でしょうか」

「なんで？」

「なんだか騙《だま》しているみたいで心苦しいので」

「はは、なに言ってるの。小夜子ちゃんが貴夜子さんの孫なのは純然たる事実でしょ？」

その通りだが、その通りではない。なんといっても比良坂貴夜子は天才だ。御子神季一郎の事件とやらも、それはもう鮮やかにさばいてみせたに違いない。それと同じ資質を孫の小夜子に期待されても困るのだ。

「別に法廷で戦うような案件じゃないし、そんな気に病まなくてもいいんじゃない？小夜子ちゃんに何かを期待してるっていうより、単に貴夜子さんにお世話になったから、お礼に仕事を回しただけだと思うよ」

「そうでしょうか」

「そうだよ。それにね、小夜子ちゃんは本当は出来る人なんだから、もっと自信を持って欲しいな。君はなんといってもあの比良坂貴夜子のたった一人の孫なんだからね！」

坂上はさわやかな笑顔で言い切った。

坂上所長は小夜子がいつか「真の才能」に覚醒《かくせい》する日が来ると、本気で信じている節がある。尊敬する師匠の孫がポンコツだなんて思いたくない気持ちはよくわかるが、頼むから現実を見てくれと言いたい。しかし坂上が現実を直視する日は、すなわち小夜子が事務所を首になる日だと思うと何も言えない。

結局半ば押し切られるような形で、小夜子は遺言執行者を務めることに同意させられた。

（まあいいか……）

事務所からの帰り道。小夜子は愛車を運転しながらひとりごちた。

いくら大物絡みといえど、しょせんは遺言執行だ。ただ事務処理をきちんとこなせばなんとかなるタイプの案件は、小夜子に向いていると言えなくもない。

（そうだよね。別に誰かと戦うわけじゃないしね）

助手席には景気づけのために買ったホールケーキが載っている。今日はもうこれ以上悩まずに、家に帰って思う存分甘いケーキに癒《いや》されよう。

小夜子はそう結論付けて家路を急いだ。そのときの小夜子は、まさか自分が物理的な意味で「戦う」羽目になろうとは、まるで思ってもみなかったのである。


数日後。小夜子は遺言執行の任務を果たすべく、愛車に乗って御子神邸へと赴いた。と言っても一人ではなく、補佐役の葛城一馬も一緒である。

三つ年上の葛城一馬は坂上事務所のエース的な存在で、能力的には所長をしのぐと言われるほどだ。本来なら小夜子の補佐などやるべき人間ではないのだが、小夜子のあまりに不安そうな様子を見るに見かねた坂上が「それなら葛城くんを補佐につけようか」と提案してくれたので、一も二もなく飛びついた結果の同行である。

当然のことながら葛城は不機嫌極まりなかったが、小夜子はそ知らぬ顔でひたすら運転に注力した。

むろん小夜子としても、葛城に迷惑をかけるのは本意ではない。できることなら誰にも迷惑をかけることなく、この世の片隅でひっそりと生きていきたいというのが比良坂小夜子の理想である。

しかし自分のようなポンコツがこの業界でやっていく以上は、誰かに迷惑をかけざるを得ない。そして誰にかけるべきかといえば、何も知らない顧客よりは、事務所の先輩である葛城の方がまだしも「まし」ではなかろうか。

――などと口にしたら葛城を激高させるは必定なので、小夜子は無言のままひたすら車を走らせた。

信号待ちでバックミラーをちらりと見やれば、葛城の端整な顔が目に映る。艶《つや》やかな黒髪に涼し気な目元。すっと通った鼻筋。眉間《みけん》にしわを寄せていても、実に絵になる男前だ。法曹目線で評価するなら、「裁判員裁判のときに有利だね！」と太鼓判を押されるタイプの顔立ちである。

小夜子自身、葛城と別の形で出会っていたら、恋のひとつもしたかもしれない。まあしたところで成就するとは思えないので、何の意味もない仮定だが。

小夜子が益体もない考えにふけっていると、ふいに葛城が口を開いた。

「お前さぁ、遺言執行って別に初めてじゃないだろ」

「はい。今までに二回ほど」

「じゃあなんで今回そこまでびびってるんだよ」

「だって遺産の額が桁違《けたちが》いじゃないですか」

帰宅してから公開情報を漁《あさ》ったところ、ミコガミとは国内有数の刃物メーカーで、年間数十億の売り上げがある。なおかつ非上場で、株式の大半は故人が所有していたともなれば、すなわち――お分かりいただけただろうか？

「その遺産となれば、一億や二億じゃききませんよ？　しかも息子が三人も！　これはもう犬神家《いぬがみけ》ばりの泥沼になる奴じゃないですか。名前もなんか似てますし！」

亡くなった御子神季一郎には、夏彦、秋良《あきら》、冬也《とうや》という三人の息子がいるという。妻の晴絵《はるえ》も存命なので、法定相続の通りなら、原則として遺産の半分は晴絵にいき、残りの半分を三人の息子で均等に分け合うことになる。しかしわざわざ遺言を作るからには、そこに修正を加えるということだろう。

「なにを大げさなことを。そりゃ多少の不平不満は出るかもしれんが、そんなもん法に従って淡々と処理すればいいだけの話だろ」

「そうなんですけど、不安なんですよ。もしなにかやらかしたらと思うと、さすがに規模が大きすぎて……とにかく最初だけ、最初だけついて来ていただければ！」

「最初だけだからな」

　葛城はため息をつくと、ふいに怪訝《けげん》そうな顔つきで言った。

「つーかさ、お前ってなんでそんなに庶民臭いの？」

「は？」

　質問の意味が分からずに、小夜子は間抜けな声を発した。

「お前ってあの比良坂貴夜子の孫なんだろ？」

「はい、一応」

「ならお前自身も結構な資産家なんじゃねーの？」

「祖母の遺産のことをおっしゃっているなら、四十坪弱の古い家が一軒と、この車があったきりですよ。現金はほとんどありませんでした」

「なんでまた」

「謎ですね。孫の私にも全く見当がつきません」

　比良坂貴夜子弁護士が生前手にしたはずの莫大《ばくだい》な成功報酬は、一体どこに消えたのか。

匿名でどこぞに寄付したのか。ギャンブルにでもつぎ込んだのか。あるいは一部で噂されているように、証人を買収するための費用に全て消えたのか。

そのいずれもあり得るようで、またいずれもあり得ないようにも思われた。

最後の買収の噂については、孫娘として「おばあちゃんはそんな人じゃありません!」と反論すべきところだが、実際問題、貴夜子がどんな人間だったのか、小夜子にもよく分からない。

ただ覚えているのは、いつも教え導いてくれた優しい声。優しい眼差《まなざ》し。

──ほらほら駄目じゃない小夜子ちゃん。

──ね? これはこうするものなのよ。

──あらまあ小夜子ちゃん、それじゃみんなに笑われてしまうわよ?

──ほらね、おばあちゃんの言った通りでしょう?

小夜子自身の判断や希望はことごとく祖母に修正された。祖母の言葉はいつも説得力があり、その判断は常に正しかった。祖母に従ってさえいれば、なにも心配いらないと思っていた。

しかし永遠に存在するかと思われた祖母は、小夜子の大学卒業前に突然の事故で命を落とした。そして小夜子は指針を失い、ずっと不安を抱えて迷走している。

第二章　御子神家の人々

到着した御子神邸は予想にたがわぬ豪邸で、小夜子をして「葛城さんについて来てもらって良かった！」と思わせるに十分なものだった。

どこまでも続く築地塀《ついじべい》に堂々とした冠木門《かぶきもん》。そして美しく剪定《せんてい》された五葉松。本館は建て増しに建て増しを重ねたらしく、中は迷路のように入り組んでいる。執事の案内で長い廊下を通って奥まった部屋に入ると、待っていたのは五十代くらいの男女と、まだ十代と思《おぼ》しき青年だった。

「どうも、遠いところをおいでいただいてありがとうございます。私がご連絡差し上げた御子神夏彦です」

男性はそう名乗ると、傍らの二人を「妻の尊子《たかこ》と息子の夏斗《なつと》です」と紹介した。

御子神夏彦はひょろりとした体つきの小柄な男性で、顔立ちは悪くないものの、どことなく「とっつぁんぼうや」という印象を受ける。御子神グループの跡取りと目されているそうだが、あまりそういった威厳は感じられない。

一方、妻の尊子は派手な目鼻立ちのグラマラスな女性で、若いころはさぞかし華やかな美貌《びぼう》を誇っていたに相違なく、今でも十分に見栄えがする。その立ち振る舞いは堂々として貫禄《かんろく》があり、むしろこちらが跡取りと言われた方がよほどしっくりくるほどだ。

そして息子の夏斗は丸まる太った青年で、「どうも」とぼそりと言ったきり、ひたすらスマホをいじっている。ここに同席している理由は全く以《もっ》て不明だが、信楽焼《しがらき》の狸だとでも思って放置するしかないだろう。

互いに簡単な挨拶《あいさつ》を済ませると、御子神夏彦は机上の封筒を小夜子に向けて差し出した。

「こちらが父の遺言書です」

差し出された封筒を開けると、中には数枚の便せんが入っており、署名と捺印《なついん》、そして自分が死んだのちの財産の処理方法が墨痕《ぼっこん》鮮やかに記されている。

その内容に小夜子は思わず目を瞬《しばた》いた。

（え、なにこれ……）

いわく、全財産は季一郎の四十九日を過ぎた時点で長男の夏彦に贈る。ただしその時点で夏彦が死亡していた場合、あるいは相続資格を失っていた場合は、次男の秋良に贈る。夏彦、秋良が共に死亡していた場合、あるいは相続資格を失っていた場合は、三男の冬也に贈る。夏彦、秋良、冬也の三人がいずれも死亡していた場合、あるいは相続資格を失っていた場合は、長男の息子である夏斗に譲る。夏彦、秋良、冬也、夏斗の四人がいずれも死亡していた場合、あるいは相続資格を失っていた場合は、三男の娘である真冬《まふゆ》に譲る。

ただし相続人が誰であっても、遺言内容を知ってから四十九日が明けるまでの間、この屋敷に住み続けることを条件とする。日中の外出は自由だが、日没から夜明けまでの間は必ず屋敷内に滞在すること。日没までに戻らなかった場合、また夜明け前に外出した場合は、理由は何であれ相続資格を失う。

以上の条件を満たし相続人となった者は誰であっても、妻の晴絵が死亡するまでの間、その扶養をする義務を負うものとする。

家庭裁判所への検認申し立てから実施までに一か月近くかかっているため、四十九日まであと二十一日。このままいけば全て夏彦が相続することになる。

遺言による長男相続、それ自体は別に珍しい話ではない。

問題は、そのあとだ。

「ええと、失礼ですが、夏彦さんたちにはなにか持病のようなものがおありなんでしょうか」

「いえ、特には」

夏彦は渋い表情で返答した。

「ご質問の意味が四十九日までに私たちが死ぬ可能性があるかということなら、ほとんどないと申し上げるほかありません。それこそ事故に遭うか、誰かに殺されでもしない限り」

「そうですか……」

それなのに、わざわざ息子たちが死ぬ場合を想定していることに、何とも言えない薄気味悪さを感じる。加えて日没から夜明けまで屋敷に滞在するという条件も、なんとはなしに不気味である。

生前の季一郎のインタビュー記事によれば、長男と次男は東京でそれぞれの家を構えており、現在この屋敷に住んでいるのは晴絵夫人と三男一家だけのはずである。家を出た息子たちを呼び寄せて共同生活を送らせることに、なんの意味があるのだろう。

「まあまあ、そんなことどうでもいいじゃありませんの」

はきはきした声で口をはさんだのは尊子である。

「お義父《とう》様の思惑をあれこれ考えたって、今さら分かりっこありませんわよ、ね？それよりこの遺言は、ちゃんと有効なんですの？」

「内容自体は有効です。形式も特に問題はないと思います」

「それじゃあと二十一日間この家に滞在すれば、財産は全て主人のものになるということでよろしいんですね？」

「いえ、全額かどうかはまだ分かりません。故人の奥様である晴絵さんと、次男の秋良さん、三男の冬也さんには遺留分がありますから」

子供や配偶者といった特定の法定相続人は、遺言内容にかかわらず相続財産の一定割合を受け取る権利が認められており、これを遺留分という。

「だから晴絵さんたちが遺留分侵害額請求権を行使すれば、その分はそちらに行くことになります。つかぬことをうかがいますが、他の方々はこの遺言内容に同意していらっしゃるんですか？」

小夜子の問いに、夏彦は「それが、母や弟たちはまだ遺言の内容を知らないんです」とどこか申し訳なさそうな顔つきで言った。

なんでも季一郎氏の遺言書が書斎で発見された際、遺言が入った封筒は封を糊《のり》付けされた上で封印が押されていたらしい。法律上、封印された遺言の開封は検認の際に行う必要があることから、夏彦も含めた相続人一同はじりじりしながら当日を待ちわびていたのだが、よりによってその前日、次男の秋良は急性虫垂炎で入院する羽目になったという。晴絵も秋良に付き添ったため、二人は開封に立ち会えなかったとのこと。

「三男の冬也さんはどうなさったんですか？」

「それが……実をいうと、冬也は三年前から行方不明なんです」

「行方不明？」

「はい。三年前にふらりと失踪《しっそう》して、それっきりです」

「それはなにかの事件に巻き込まれたということではないんですか？」

「いえ、本人の意思による失踪です。部屋には置き手紙がありましたし、荷物を持ち出した形跡もありましたから。手紙には思うところがあって家を出る、探さないで欲しいって、それだけです。仕事も全部放り出して、一体何を考えているんだか。冬也が持っている携帯に『遺産について話し合いたい』というメールを送ったんですが、いまだ返信はありません。父の危篤や葬儀のときにも送りましたけど結局帰ってこなかったので、今回もこのまま帰ってこないかもしれません」

「そうなんですか……」

「秋良の方は今日退院ですので、付き添いの母と一緒にじきにこちらへ戻ってきます。それで……できればその、遺言の内容について先生の方から二人に説明していただければと思いまして」

「相続人への説明は執行者の仕事のうちですから、もちろんそれは構いませんが」

「いやそれで、できればその――」

「まあ貴方《あなた》ったら、はっきり申し上げないとだめでしょう？」

尊子がにこやかに口をはさむと、小夜子たちの方に向き直った。

「先生方には秋良さんたちに内容を説明したうえで、遺留分を要求しないように説得して欲しいんですの」

「え、私がですか？」

「ええそうですとも。先生以外に誰がいらっしゃるんですの？」

尊子はさもおかしそうに微笑んだ。

「遺言の内容をきちんと実現するのが遺言執行者のお仕事でしょう？　引き受けた以上はちゃんと仕事をしてくださらないと、ね？　それじゃよろしくお願いしますね。比良坂先生？」

「いえ、あの、説得はちょっと、あまり自信が」

「申し訳ありませんが、説得は遺言執行者の業務の範囲外です」

葛城は横から爽《さわ》やかにそう告げると、ばっさりと話を打ち切った。


ほどなくして執事から、「晴絵様と秋良様が病院からお帰りになりました」との報告がもたらされたので、小夜子たちは夏彦一家と別れ、まずは御子神秋良が滞在しているという客室へと赴いた。

その道すがら、葛城一馬が「お前、なんであんな無茶な要求であわあわしてんだよ。普通にすっぱり断れよ」と苛立《いらだ》たし気に吐き捨てた。

「それともまさか、遺言内容を他の相続人に従わせるのも執行者の仕事のうちだとか、本気で勘違いしてたわけじゃないだろうな」

「いいえ、してませんよ！　してませんけど」

「けどなんだよ」

「弁護士の仕事でしょうって言われると、なんとかしなきゃいけないような気になってしまうといいますか」

「……お前、そういうところだよ」

深々とため息をつかれて、小夜子は思わず視線を落とした。実のところ、比良坂小夜子がポンコツである一番の理由はそれだった。

小夜子には祖母のような鋭い舌鋒《ぜっぽう》もなければ天才的なひらめきもなく、探偵顔負けの調査力や周囲を魅了するコミュニケーション能力も持ち合わせていない。まさになにもない尽くしのない尽くしだが、中でも一番に欠けているのは「己の判断に対する自信」といっていいだろう。

小夜子は昔から他人と意見が食い違うと、自分の方が間違っている気になってしまうのが常だった。ことに尊子のような押しの強いタイプに断言されるともう駄目だ。

内心「あれ？　確か条文はこうなっていたし、判例の解釈もこうだったよね？」と思いつつも、相手がこれだけ自信たっぷりなのだから、もしかすると自分の方が間違っているのではなかろうか、いや間違っているに違いない、と不安が膨れ上がっていく。そして迷走しかけたところを葛城一馬に一喝されて何度修正したことか。

「お前、予備試験も司法試験も一発合格だったよな」

「はい、一応」

祖母の予想問題がぴたりと当たったおかげだが、一応合格は合格だ。

「だったらもうちょっと自信持ってもよさそうなもんだけどな。比良坂貴夜子の孫が一発合格してうちの事務所に来るって聞いたときは、てっきり『明日の判例は私が作る！　ひれ伏せ愚民ども！』みたいな奴かと思ってたわ」

「ご期待に沿えなくて申し訳ありません」

「いや、そんな奴に来られても鬱陶《うっとう》しいからいいんだけどな。かといってお前みたいに卑屈なのもうざったいし。……普通でいいんだよ、普通で」

普通が一番難しい、と誰かが言った。

果たして自分は葛城の求める普通の弁護士になれるときが来るのだろうか？　なにか絶望的な未来が浮かびそうになったので、小夜子は深く考えないことにした。

夏彦夫妻の説明によれば、次男の御子神秋良は五十を過ぎて未《いま》だ独身で、父親の援助を元手に事業を起こしては失敗することを繰り返しており、その借金の穴埋めとして父の遺産を当てにしているとのことだった。

その情報をもとに秋良との会談に臨んだわけだが、案の定というべきか、御子神秋良は説明を聞くなり激高した。

「冗談じゃない。そんなふざけた遺言があってたまるか！」

秋良は夏彦とは正反対の長身で大柄な男性で、怒鳴るとなかなかに迫力がある。

「申し訳ありません！」

小夜子は反射的に謝ってから、おそるおそる「それでつまり、秋良さんは遺留分を請求するということでよろしいでしょうか」と確認した。

「それはもちろん請求するが、そもそもこんな遺言は認められない。親父は前に遺産は兄弟で平等に分けるって言ってたんだよ！　それなのに、こんなのは絶対おかしいだろ！」

「え、そうなんですか？」

突然飛び出した新情報に小夜子があたふたする一方、葛城は冷静に問いかけた。

「ちなみにそうおっしゃっていたのはいつ頃ですか？」

「ええと、あれは確か夏斗が生まれた年だから、今から――」

小夜子と葛城は思わず顔を見合わせた。先ほど会った青年は、どう見ても二十歳近かった。

「……失礼ですが、単にお父様の気が変わっただけの話では？」

小夜子がおずおずと問いかけるも、「親父はそう簡単に気持ちを変える人間じゃないんだよ！」との返事。

そう簡単に変える人間じゃなくても、二十年近くも経っていれば変わることもあるだろうというのが小夜子の率直な感想だったが、むろん口にはしなかった。

「ええと、それで秋良さんの主張としては、つまりこの遺言書は」

「ああ、偽物だよ。兄貴か兄貴の嫁さんが偽造したに決まってる。筆跡鑑定をすればすぐわかるはずだ。それで偽物だってわかったら、当然無効になるんだろ？」

「遺言無効確認訴訟を起こして、認められれば無効になります。ただその、筆跡鑑定だけで無効と認められるのはちょっと難しいんじゃないかと思います。あれってそんなに確実なものじゃあないんです」

「そうなのか？」

「はい。鑑定人によって結果がまちまちだったりしますし、まだ科学的に確立された手法ではないんです」

小夜子が「ですよね？」とばかりに隣に目をやると、葛城が面倒くさそうに頷《うなず》いたので、自信をもって説明を続けた。

「ですから裁判で認められるためには、他にも色々と間接証拠を積み上げる必要があります。例えば先ほどおっしゃっていた、お父様の生前の発言と遺言内容が矛盾している点などは有力な証拠になるはずですが、他にお父様の発言を聞いている方はいらっしゃいますか？」

「いると思うが、分からない。俺が親父から聞いたのは、二人きりの時だったからな。でも絶対に俺以外にも同じことを聞いた人間がいるはずだ。弁護士さん、なんとしても証人を探し出してくれ」

「え、私がですか？」

「ああそうだよ。他に誰がいるんだよ」

「え、でも私はそういうのはちょっと」

「遺言執行者の仕事だろう？　仕事はちゃんとやってくれなきゃ困る」

「いえ、でも、それは」

「それは執行者の仕事の範囲外です」

そこで葛城が横から口をはさんで、すっぱり話を打ち切った。

そして当然のことながら、小夜子はその後こってり絞られた。

そんなこんなで序盤は散々な有様だったが、幸い次の訪問相手である御子神晴絵は小柄でおっとりとした老婦人で、「もちろん遺言の通りで構いませんわ。全て季一郎さんの望み通りにしてくださいな」と相続人の鑑《かがみ》のような言葉を贈ってよこした。

「つまり遺留分は請求しないということで、よろしいんでしょうか」

「ええ、だって私はお金のことなんてさっぱり分かりませんもの。財産を貰《もら》ってもどうしていいのか困ってしまいますし、夏彦さんと尊子さんが管理してくれるなら、とってもありがたいことだと思いますわ」

その屈託のない笑顔からは、少女めいた愛らしささえ感じられる。

公開情報を漁《あさ》って得られた知識によれば、御子神晴絵は旧華族である高柳《たかやなぎ》家出身のお姫様であり、季一郎氏は高柳家で書生のようなことをしていた縁で彼女と知り合い、憧《あこが》れて憧れて口説き落とした高嶺《たかね》の花であったらしい。こうして見ても、口説き落とした甲斐《かい》はあったと思わせる、天女のような女性である。

その後小夜子は彼女に引き止められるまま、お茶とお菓子をご馳走《ちそう》になり、「こんなお若いお嬢さんが弁護士だなんて凄《すご》いわねぇ」「弁護士のお仕事って大変なことも多いんでしょう？」などと労《いたわ》られながら歓談した。

　小夜子は寄せられる同情が心地よくて、「そうなんです。大変なんです」と仕事の愚痴を垂れ流しつつ茶菓を堪能《たんのう》していたが、隣にいる補佐役の機嫌が凄《すさ》まじいことになってきたので、適当なところで切り上げた。


　三男の冬也は結局現れなかったため、相続人への説明はそこでいったんお開きとなったが、帰り際にちょっとしたハプニングが起きた。お手洗いを借りて正面玄関へと戻る途中、小夜子の足に何者かがいきなり触れてきたのである。

　思わず悲鳴が出かかったが、見れば一匹のトラ猫だった。小夜子のパンツスーツに毛を練り込むように身体をこすりつけている。

「わあ可愛い！　可愛いけど毛が……でも可愛い！」

　かがんで撫《な》でようと手を伸ばすと、猫はするりとよけて距離を取った。自分が触るのは構わないが、触られるのを許可した覚えはないらしい。

　腰をかがめてちっちっちっと舌を鳴らしていると、廊下の向こうからぱたぱたと軽い足音がした。

「蜜柑《みかん》、ここにいたの」

鈴を振るような声音と共に現れたのは、白い膚《はだ》と長い黒髪が印象的な、どこか人形めいた少女だった。歳は十歳前後だろうか。

少女がかがんで猫に両腕を差し伸べると、猫は自らひらりとその腕の中に飛び込んだ。そのままうっとりと身をゆだねているところを見ると、随分と彼女に慣れているらしい。

「もしかして御子神真冬さんですか？」

小夜子が問うと、少女はこくりと頷いた。

御子神真冬。現在失踪《しっそう》中の御子神冬也の一人娘だ。

「綺麗《きれい》な猫ですね。蜜柑って名前なんですか？」

「そう、蜜柑色だから、蜜柑。……それで貴方《あなた》は？」

「あ、初めまして。弁護士の比良坂と申します」

「もしかしてお祖父《じい》ちゃんの選んだ弁護士さんなの？」

「はい。一応」

「そう……。だけど、この家にはもう来ない方がいいと思う」

「え？」

何か気に障ることでも言っただろうか。戸惑う小夜子に、少女は「危ないから」と言葉を続けた。

「危ない？」

「蜜柑が言ってるの。この家では、また人が死ぬことになるって」

少女の腕の中で、トラ猫がにゃぁおんと声を上げた。


運転席に座りながら、小夜子はぽつりとつぶやいた。

「なんか……すごく疲れたんですけど」

「大したことはやってないだろ」

「そうなんですけど、なんか皆さん個性的で」

「金持ちなんて大体そうだろ」

「そうなんですかねぇ」

周囲に金持ちのサンプルが少ないので標準的かどうか判断できない。

「じゃあ俺の依頼と替わってみるか？」

「葛城さんの依頼って」

「傷害事件だ。被疑者は正当防衛で無罪を主張している」

「うわぁ……」

聞くだに面倒くささそうな案件である。

「遺言執行で頑張ります」

「ああ、頑張れ」

そんな風にして、御子神家訪問の第一日目は終了した。

○　四十九日まであと二十日

翌日。葛城は断固として同行を拒否したために、小夜子は一人で御子神邸へと赴いた。

今日の予定は主に財産目録作りである。遺言執行者は被相続人の財産目録を作成して、各相続人に渡す義務がある。

小夜子は故人の書斎に陣取ると、渡された大量の書類を基に、まずは遺産を不動産、動産、預貯金、現金、有価証券といった具合に分類しながらノートパソコンに打ち込んでいった。その内容は予想にたがわず実に華やかなものだったが、中でも故人が趣味で集めた日本刀コレクションは圧巻で、さすがは刃物メーカーの創業社長といった趣がある。

小夜子は「あ、これゲームで聞いたことある奴！」などと思いつつせっせと作業を進めていたが、その最中でちょっとした騒動が巻き起こった。蔵で刀剣の確認に立ち会っていた夏彦が「父の短刀がない！」と血相を変えて騒ぎだしたのである。

「コレクションの中には春夏秋冬の短刀が確かにあったはずなんです！」

「え、それは価値の高いものなんですか？」

「それはもう、特別な価値があります」

「ちなみにお幾らくらいなんですか？」

「金なんかには換えられません。父が若いころに自分で打った短刀なんです！」

「はい。父の形見だと思って一生大切にするつもりだったのに、一体どこにいったんだか……」

「……季一郎さんが？」

夏彦いわく、それは季一郎が刀鍛冶《かじ》に学んで打った四振りで、自ら「春」「夏」「秋」「冬」の名をつけて、ことのほか大切にしていたとのこと。一応確認してみたが、別に「家督を受け継ぐ儀式に必要」とかいった象徴的意味合いがあるわけでもないらしい。言葉を換えれば財産的には無価値である。

小夜子としてはいささか拍子抜けだったが、夏彦いわく「気持ちの問題なんですよ！」とのことだ。まあ確かに思い入れのある品ならば、放置しない方がいいだろう。

小夜子が夏彦に家探しを提案したところ、そこに思わぬ横やりが入った。

「まあ貴方ったら、別にそこまでしなくてもいいじゃありませんの。あんなもの誰も盗《と》ったりしないでしょうし、そのうちひょっこり出てきますわよ」

尊子はたしなめるような調子で言った。

「しかしあれだって父の大切な遺産なんだ。どこにあるのか確認しないと」

「確認はいつでもできるでしょう？　そんなつまらないことでお手間を取らせては、比良坂先生がお気の毒ですわ」

「先生が家探しを提案してくださってるんだからそれでいいじゃないか。比良坂先生。とにかく家探しをお願いします。あれだって父の遺産の一部です」

「必要ありませんわ、比良坂先生。さっさと進めてくださいな」

双方から要求されて、小夜子は思わず反応に窮した。

小夜子は「判断に迷った場合はその場にいる偉い人の指示に従う」を基本的な行動指針にしているが、この場合は果たしてどちらが上なのだろう。立場的には依頼者であり相続人である夏彦の方が上のはずだが、小夜子の内なる小動物的な本能が『尊子に従え』と囁《ささや》いてくる。

迷った末に「すみません、ちょっと」と断りを入れて場を外し、葛城に電話で聞いてみたところ「財産の一部なら一応家探ししてみたらどうだ。その手の思い入れのある品は揉《も》めると色々面倒だぞ」とのお言葉をいただいた。

そこで意気軒昂として戻ってきたはいいのだが、あいにく二人の間で雌雄はすでに決していた。

「比良坂先生、お騒がせして申し訳ありませんでした。義父《ちち》の打った短刀のことなんか気にせずに、そのままお仕事を進めてくださいな」

戻ってきた小夜子に対し、尊子はにこやかにそう告げた。その隣では、夏彦が悄然《しょうぜん》と項《うな》垂《だ》れている。

「え、でも……」

小夜子はしばし逡巡《しゅんじゅん》したのち、「夏彦さんはそれでよろしいんですか？」と確認を取った。

「……はい」

「ほら、主人もこう申しておりますし、ね？　比良坂先生、つまらないことでお騒がせして申し訳ありませんでした」

「分かりました。ではそうさせていただきますね」

依頼者本人がそれで納得しているなら、別に問題はないだろう。いや内心では納得していないのかもしれないが、口に出して言わない以上は夏彦自身の責任だ。自分は何も悪くない。

小夜子はそう結論付けて、結局家探しは行わないまま、目録作りを再開した。後日そのことを心から後悔する羽目になるのだが、その時の小夜子はむろん知る由もなかったのである。


夏彦が尊子に引きずられるように退場してから半時あまり。小夜子がちまちまと作業を進めていると、今度は御子神秋良が小夜子のもとに現れた。彼は開口一番「なんか進展はあったか?」とつっけんどんに問いかけた。

「目録作りなら順調です」

「そうじゃねぇよ! 遺言の偽造疑惑についてだよ!」

「え、ああ、偽造疑惑ですか。いやそれはちょっと……」

小夜子は「どうしよう、すっかり忘れてた!」「ああでも、そもそも私の仕事じゃないんだよね?」「でもそれを指摘したらまた激高されそうだなぁ」などとしばらく思考を巡らせたのち、結局「残念ながら、そちらの進展は今のところありません」と神妙な面持ちで言うにとどめた。別に嘘はついていない。

「秋良さんの方はいかがですか？」

「使用人たちや親父の知り合いに片っ端から聞いてまわったんだが、遺産相続については誰も聞いてないとさ」

「そうですか」

まあそれはそうだろう。小夜子が聞かれる立場でも、知らないと答えるに決まっている。自分が貰《もら》えるわけでもない遺産のために、骨肉の争いに巻き込まれたい人間がどこの世界にいるものか。

「ところでつかぬことをおうかがいしますが、秋良さんは春夏秋冬の短刀ってご存じですか？」

「え、ああ、確か親父が趣味で作った奴だろ？」

「それが見当たらないようなんですが、お心当たりはありませんか？」

「ねぇよ、そんなもん俺が知るわけないだろ」

秋良はそう吐き捨てるや、足音も荒く立ち去った。


目録作りがいち段落着いたところで、小夜子はしばしの休憩を取ることにした。

書斎を出て伸びをしながら長い廊下を歩いていると、やがて中庭に面した広縁に出た。ガラス越しに見える庭の緑が心地よく、端には洒落《しゃれ》た籐椅子《とういす》がしつらえてある。

(休憩中にちょっと座るくらい別にいいよね、うん)

小夜子は一人頷《うなず》いて、籐椅子に腰を下ろした。そしてよく手入れされた庭をしばらく堪能《たんのう》したのち、おもむろにスマートフォンを取り出した。そろそろお気に入りのウェブ小説が更新されている時刻である。

いつもの無料小説サイトを確認すると、マイページに更新のお知らせがあった。開いて見れば、物語はいよいよ佳境に入ったところだった。ヒロインの公爵令嬢はついに意を決して浮気《うわき》者の王太子との婚約解消を申し出る。それに対し、王太子は鼻で笑って――

「何読んでるの?」

「ひゃぁ!」

後ろから声を掛けられて、小夜子は踏まれた二十日鼠のような声を発した。振り返ると御子神夏斗が興味深そうに手元を覗《のぞ》き込んでいる。

「え、夏斗さん、なんでここに」

「別に、通りかかっただけ。それで、何読んでるの? 仕事関係?」

「はい。仕事上の重要書類です。守秘義務がありますので詳しいことはお答えできません」

小夜子はスマホを伏せながらしかつめらしい顔で言った。

「ふうん、なんか王太子がどうとか見えたけど」

「業界で使われている隠語です。それで、何か御用ですか？」

「だから、通りかかっただけ」

それならさっさと通り過ぎてくれないだろうか。

そんな小夜子の願いもむなしく、夏斗はなにやらじろじろと眺め回したうえで、こちらの急所を突いてきた。

「比良坂先生って、なんかすごい弁護士の孫なんだよね？」

「はい。一応」

「なんか全然そういう風に見えないね」

「ええ、よく言われます」

小柄な体軀《たいく》に地味な童顔は時々中学生に間違えられる。

「能ある鷹《たか》は爪を隠すってやつ？」

「それより夏斗さん、春夏秋冬の短刀が見当たらないそうなんですけど、何がご存じありませんか？」

小夜子は強引に話を切り替えた。

「春夏秋冬って、祖父《じい》ちゃんの作ったやつ？」

「はい。それです」

「知らないけど、あれなくなったの？」

「あるはずの場所に見当たらないそうです」

「ふうん、そうなんだ。どこ行ったんだろうね」

夏斗はいかにも興味なさそうな口調で言った。そしてどうでもいいような会話をいくらか交わしてから、彼はようやく立ち去った。


書斎へと戻る途中の廊下で、昨日の猫がまたも足元にすり寄ってきた。綺麗《きれい》なオレンジ色の毛並みに鍵尻尾《かぎしっぽ》。名前は確か蜜柑だったか。死を予言する猫との触れ込みだったが、可愛いことには変わりない。

小夜子が「蜜柑ちゃん」と文字通りの猫撫《な》で声を出しながら、そろそろとにじり寄っていくと、猫の方もじりじりと後退していく。

そうこうしているうちに、飼い主の御子神真冬も現れた。すると猫は小夜子にお尻《しり》を向けて、真冬の後ろに駆けこんでしまった。

「弁護士さん、また来たの？」

「はい、すみません」

「死人が出るって、信じてないの？」

「いえ、信じてないわけじゃないんですが」

小夜子は視線をそらしつつ弁解した。

「蜜柑は本当に人が死ぬのが分かるのよ。お母さんが死んだ時も、お祖父ちゃんが死んだ時も、蜜柑が『もうすぐこの家に死人が出るよ』って私に教えてくれたんだから」

「お母様が……そうなんですか」

無表情の真冬を前に、小夜子は少々複雑な気持ちになった。

昨日夏彦に聞いた話によれば、御子神真冬の母親は冬也がいなくなった翌年に、庭の池に落ちて亡くなっている。警察は事故として処理したが、夏彦いわく「失踪《しっそう》した冬也のことでノイローゼ気味だったから、自殺の可能性もある」とのこと。

真相がそのいずれであったとしても、幼い真冬に与えた衝撃は大変なものだったに違いない。真冬はそれがショックなあまり、夢と現実の区別がつかなくなっているのではなかろうか。

（少し早い中二病かと思ってたけど、むしろカウンセリングが必要な案件じゃないの、これ）

「それは……凄《すご》いですね」

「うん、蜜柑は凄いの」

「それでその……亡くなったお母様のお名前はなんとおっしゃるんですか？」

小夜子はとりあえず話を続けた。

「御子神椿《つばき》」

「椿さんですか、綺麗なお名前ですね」

「写真あるけど、見る？」

「はい。ぜひ」

「じゃあ、部屋こっちだから」

真冬は先に立って歩きだした。

再び長い廊下を何度か曲がって、階段を上り、突き当たりの重厚な扉を開けると、燦々《さんさん》と日が差し込む部屋に出た。

「これ、お母さん」

真冬は机の引き出しから一枚の写真を取り出して、小夜子に向かって差し出した。

そこに写っていたのは、まだうら若いほっそりとした女性だった。茶色がかったふんわりした髪と整った顔立ち、そして目元の泣き黒子《ぼくろ》。綺麗な名前にふさわしい実に綺麗な女性だが、それよりも小夜子に強い印象を与えたのは、言いようのない既視感だ。

（あれ、私この人知ってる……？）

「失礼ですが、お母様はなにか外でお仕事は？」

「ううん、専業主婦だった」

「そうですか……」

「それがどうかしたの？」

「いえ、なんでも」

一体どこで会ったのだろう。改めて記憶を漁《あさ》ってみたが、思い出すことができなかった。

「ところで真冬さん、おじいさまが打った春夏秋冬の短刀が見当たらないそうなんですが、真冬さんはどこかで見かけた記憶はありませんか？」

「知らない」

「そうですよね。失礼しました」

まあ十歳の少女が興味を持つものではないだろう。小夜子は一人頷いた。

その後、書斎に戻って仕事を再開することとしばし。今度は御子神晴絵から午後のお茶に誘われた。

前回仕事の愚痴を聞いてもらったこともあり、今回はひたすら聞き役に徹することにしたのだが、晴絵の語る季一郎の思い出話に愚痴めいたものは一切なく、実に微笑ましい惚気《のろけ》話に終始した。

「あの人ったら私に跪《ひざまず》いて、『貴方《あなた》の望むことならなんであれ、叶《かな》えることを誓います。けして不自由はさせませせん』なんてプロポーズしてくれたのよ」と微笑む晴絵は、まるで愛くるしい少女のようだ。季一郎が見事事業で成功したのも、最愛の妻に不自由させまいと頑張った結果なのかもしれない。

美味《おい》しい茶菓を堪能《たんのう》しつつ、故人の様々なエピソードを拝聴しているうち、ごく自然に春夏秋冬の短刀のことが話題に上った。

「ええもちろん知っているわ。刀鍛冶《かじ》のおじいさんに習って自分で打ったんだって、主人が嬉《うれ》しそうに何度も自慢していたもの。自分の名前が季節の季だから、それにちなんで春夏秋冬の名前を付けたんですって」

晴絵は懐かしそうに目を細めたあと、「そういえば、あれも夏彦さんが受け継ぐことになるのかしら」と無邪気な調子で言葉を続けた。

「そういうことになると思います。ただ若干の問題がありまして」

「問題？」

「はい。実はあるべき場所に見当たらないんだそうです」

「まあなんてこと！　よく探したの？」

「と、思います」

「そう、困ったわねぇ。一体どこに行ったのかしら」

晴絵は頬に手を当てて、困惑したように小首を傾げた。

「主人はあれで結構うっかりさんで、昔からよく物をなくす人だったから、うっかりどこかに置き忘れてしまったのかもしれないわね」

「ああ、それはあるかもしれませんね」

小夜子は「短刀をうっかりどこかに置き忘れるのは怖いなぁ」と思いながらもうなずいた。

その後は訴訟資料が見当たらなくて青くなって探し回ったら、何故か冷蔵庫でキンキンに冷えていた話やら、弁護士バッジが見当たらなくて再発行してもらったら、何故か製氷皿でカチコチに凍り付いていた話やらで盛り上がり、短刀についても「誰かが盗《と》ることもないだろうし、そのうちどこかからひょっこり出て来るだろう」との結論に落ち着いた。

そんなこんなで春夏秋冬の短刀については御子神一族の見解を一通り拝聴したわけ

だが、その在処《ありか》については依然として不明のままだった。

○　四十九日まであと十九日

翌日。小夜子は近隣の銀行に片っ端から照会をかけて、こちらが把握していない故人の口座がないかを確認したり、骨董《こっとう》品や不動産などについて鑑定する鑑定士を手配したりする作業に忙殺された。

美術骨董の鑑定依頼についてはいずれも「御子神季一郎氏の遺品なら、喜んでそちらまで出向きましょう」と申し出てもらえて助かった。こんなお高そうな代物を梱包《こんぽう》して店まで持ち込むなんて、考えただけでも胃が痛くなりそうな作業である。

故人が日本全国に所有していた不動産についてもそれぞれ鑑定の委託先が決定し、一安心といったところである。

今日は秋良が押しかけてくることもなければ、夏斗や真冬とうっかり出くわすこともなく、至極順調に作業は進んだ。

晴絵のところでお茶をご馳走《ちそう》になったほかは、ほとんど御子神家の一族と顔を合わせることもなく一日分の仕事を終えて、さわやかな気分で家路に就こうとしたところで、老執事の村上《むらかみ》に呼び止められた。

「比良坂先生、もうお帰りですか？」

「はい。一区切りついたので」

「そうですか……。大変申し訳ありませんが、今からお時間をいただけないでしょうか。実は先生に折り入ってお話ししたいことがありまして」

「あ、はい、それは構いませんが」

なんとなく厄介ごとの気配を感じたものの、まさか「嫌です」と言うわけにもいくまい。小夜子は居住まいをただして問いかけた。

「それで、お話ってなんでしょう」

「実は先代様のことなのですが」

「はい」

「先代様には、もう一人ご子息がおられるのです」

「はい？」

思っていた以上の厄介ごとに、小夜子はその場で葛城に電話を掛けたくなった。

「ええと、それはつまり、いわゆるその」

「はい。いわゆる愛人に産ませた隠し子です」

村上は重々しく言い切った。

その後村上が語った内容とは、以下のとおりである。

愛人の名は須藤桃香《すどうももか》。元は御子神晴絵が実家から連れてきた使用人で、晴絵の小間使いを務めていたという。桃香は目立つ美人ではないものの、なかなか可愛らしい顔立ちをしており、その天真爛漫《らんまん》な物言いにはなんともいえない愛嬌《あいきょう》があった。そのため晴絵をはじめとする周囲の人間からは随分と可愛がられていたようである。

しかしその反面、桃香は晴絵の寵愛《ちょうあい》を良いことに、しょっちゅう仕事を休んだり、晴絵や季一郎に馴《な》れ馴れしい口を利いたりといった図々《ずうずう》しさも持ち合わせており、村上は彼女に対してあまり良い感情を抱いていなかった。

だから桃香が一身上の都合を理由に退職を願い出たときも、さして残念にも思わずにそれを了承したのである。

ところがそれから数か月後、村上は街中でばったり桃香に出くわした。桃香は自分が辞めたあとの屋敷の様子をあれこれ聞きたがったので、村上は彼女を喫茶店に誘ってしばらく歓談することにした。

桃香は御子神家のことを事細かに尋ねる反面、自分の近況については話そうとせず、村上が訊《き》いても曖昧《あいまい》な答えに終始した。何か他人様《ひとさま》に話せない事情でも抱えているのだろうか。次第に募る不信感が決定的になったのは、手持ち無沙汰《ぶさた》になった村上が「煙草を吸ってもいいでしょうか」と桃香に尋ねた時だった。

桃香はいかにも慣れた口調で「すみません。妊娠しているので、煙草はちょっと」と言い放ってから、はっとしたように口を押さえた。

さては一身上の都合とは妊娠のことだったのかと、村上は驚きに目を見開いた。桃香はもとからふっくらした体型なため、妊娠の有無は分かりづらかったが、言われてみれば以前よりも腹の辺りがゆったりしているように思われた。

「それはおめでとうございます。いつの間に結婚していらしたんですか？」

「いいえ、結婚していません」

「ではこれからする予定なのですね」

「これからする予定もないんです。……結婚できない相手なので」

「既婚者、ということでしょうか」

「……はい」

なんとふしだらな娘だろう、というのが村上の率直な感想だった。もとから彼女にいい印象を持っていなかったこともあり、村上はついとげとげしい調子で「正直言って、あまり感心しませんね」と口にした。対する桃香は明らかにむっとした表情で「村上さんには関係ありません」との返事。

「関係ないとはいえないでしょう。そんな不道徳な人間を雇っていたなんて、御子神家にとっても恥ですよ。旦那《だんな》様がお気の毒です」

「旦那様が……村上さんは何もご存じないんですね」

「はい？」

「この子は旦那様の子なんです」

桃香は挑戦的な眼差《まなざ》しでそう告げると、これ見よがしに己の腹を撫《な》でたという。


「——最初は何を馬鹿なことをと思いました」

村上は嘆息と共に言葉を続けた。

「大旦那《おおだんな》様が大奥様を熱愛していらっしゃることは、私どもの間でも周知の事実でしたから。桃香はその場限りの出まかせを言っているか、あるいは大旦那様に懸想するあまり、おかしな妄想に取り憑《つ》かれているんだろうと思ってたんです」

「桃香さんは季一郎さんのことを好きだったんですか？」

「はっきりとは分かりませんが、先ほど申し上げた通り、旦那様に対して妙に馴れ馴れしいそぶりを見せるところはありました。それにお若いころの旦那様は大層な美男子で、それが原因でトラブルに巻き込まれることもけして少なくありませんでした。ほら、先生も篠宮幸久《しのみやゆきひさ》の一件はご存じでしょう？　比良坂貴夜子先生にお世話になった事件です」

「え、あ、はい。そんなこともありましたね！」

篠宮幸久って誰ですか？　と訊くわけにもいかず、小夜子は適当に相槌《あいづち》をうった。察するに、貴夜子の担当した事件の係争相手が篠宮幸久なのだろう。実業家の絡んだ案件とあって、てっきり会社経営上のトラブルだと思っていたが、どうやら痴情沙汰《ざた》だったらしい。

「ですから須藤桃香についてもそういう類《たぐい》だと思ったのです。桃香の方が旦那様に一方的に懸想して、今でいうストーカーのような真似をしているのだろうと。子供がいるというのも狂言か妄想の類だと」

「それが、違ったんですか？」

「はい。旦那様にその件を報告したところ、旦那様は怒るでも笑うでもなく、ただこうおっしゃったのです。『そうか。あいつはお前に喋《しゃべ》ったのか』と」

「うわぁ……」

何をどう考えても真っ黒だ。

「それからしばらくして……旦那様に言いつかって、何度も結構な金額を桃香の口座に振り込むことになりました。旦那様は『今までは自分でやっていたが、知られてしまったのならお前に頼むことにするよ』とおっしゃって……おそらく愛人手当か、子供の養育費といった類ではないかと思います」

確かにそう考えるのが妥当だろう。

「ちなみにその話、晴絵さんには」

「お話ししておりません。聞いた当時はちょうど大奥様も冬也様を身ごもっておられたころでしたので、ショックを受けて万が一のことがあっては大変ですから。その後もやはり大奥様の心情を思うと、どうしても打ち明けられませんで、今日までそのまま来てしまいました。私としては、できることなら死ぬまで私の胸に納めていたかったのですが、やはりもう一人のご子息をこのまま放置していいものかと気がかりで……」

村上の表情からは、忠実な使用人ならではの苦悩の跡がうかがえた。

「分かりました。話してくださってありがとうございます。あとのことはこちらで対処しますので」

「はい。よろしくお願いいたします」

村上は深々と頭を下げると、肩の荷を下ろしたように晴れやかな表情でその場を辞した。そして荷を押し付けられた小夜子はといえば、迷うことなく葛城一馬に電話を掛けた。

「――と、いうわけなんですが、やっぱり放っておいちゃまずいですよね？」

「まずいに決まってんだろ。子供がいる可能性があるならちゃっちゃと確認しろ」

「やっぱりそうですよね。いえ、私もそうじゃないかと思ってたんです！」

季一郎の戸籍には、桃香の子供を認知した記録は存在しない。

つまり現時点ではその子供とやらは相続人ではないのだが、本人または代理人は父親の死後三年以内なら、家庭裁判所に申し立てて認知請求することが可能である。そして裁判で認められれば立派な相続人となり、季一郎の財産について遺留分が発生する。

遺産分割が終わった後で名乗り出られた場合のことを考えると、今の段階でその存在について確認しておくにしくはない。

「それで子供の有無の確認なんですが、須藤桃香の戸籍を取ればいいでしょうか」

「まあそれが定石だろうな。本籍地は分かるか？」

「あ、雇用当時のものなら村上さんに聞いてあります。※※市です」

「※※市か……そこなら半日で行って帰ってこられるな。明日の朝一番で取りに行け」

「了解しました」

「あとそんなことでいちいちかけて来るな。いい加減自分で判断しろ」

「アドバイスありがとうございました！　それではこれで失礼します！」

小夜子は承諾の返事をしないまま、礼を言って通話を終えた。

○　四十九日まであと十八日

翌日。小夜子はさっそく※※市役所へと赴いた。戸籍を閲覧できるのは本人や直系親族といった一部の人間に限られるのが原則だが、弁護士は職権で閲覧することが可能である。
※※市は桃香が御子神家に勤めていた当時の本籍地であるため、現時点でもそこにあるかは賭《か》けだったが、幸い戸籍は移されておらず、無事に閲覧することができた。
しかし結果として得られた情報は、実に拍子抜けなものだった。

戸籍によれば、須藤桃香は一昨年《おととし》未婚のままで死亡しており、子供は一人も存在しないという。

（え、なに、どういうこと？）

動揺のあまり葛城に電話したところ「子供がいないんだったらそれでいいだろうが。ていうかそんなことでいちいちかけて来るなって言ったろ！」とお叱りの言葉をいただいた。

気を取り直して村上にも報告したところ、こちらは素直に喜ばれた。

「そうですか！　子供はおりませんでしたか！　やはり桃香の狂言だったのですね。いいえ、私も旦那様はそんな方じゃないと思ってたんです」

季一郎が大金を支払っていることからしても、子供ができるようなこと自体はしていたのだろうし、狂言ではなく流産という可能性もあるのだが、あえて指摘はしなかった。

「大奥様を傷つけるようなことにならなくて、大変安堵《あんど》いたしました。ありがとうございます、比良坂先生」

村上はひとしきり感謝の言葉を述べた後、「ですが先生には余計なお手数をおかけして申し訳ありませんでした」と謝罪した。

「いえいえ構いませんよ、仕事ですから」

小夜子は快く答えて通話を終えた。やはり他人に感謝されるのは良いものだ。

ともあれ須藤桃香に関することはこれにて一件落着である。小夜子は爽《さわ》やかな心持ちで通話を終えると、※※市を後にした。

車で御子神邸へと向かいながら、小夜子はこれまでのことを反芻《はんすう》した。

目録作りは今のところ順調だし、偽造の何のと騒いでいた秋良もそろそろ諦《あきら》めかけているようだ（筆跡鑑定の結果は五分五分という実に微妙なものだったらしい）。四振りの短刀についても放置して問題はないだろう。遺言執行者として他に留意すべき問題は――

（そういえば、冬也さんの件もそろそろ何とかしなきゃだな）

このまま帰ってこないなら、不在者財産管理人を立てて冬也の代わりに遺産分割協議に加わってもらう必要がある。不在者財産管理人には本来なら身内がなるのが定石だが、妻は死んで娘は十歳、親兄弟は利益相反関係となれば、家庭裁判所に頼んで適当な人物を見繕ってもらうしかないだろう。

――などと考えているうちに、御子神邸に到着した。

いつものように車寄せに愛車を止めて、通用門に向かったところで、小夜子は門の近くに立っている痩身《そうしん》の男に気が付いた。夕闇の中、俯《うつむ》き加減でたたずむ姿は、どこか亡霊めいて現実感が希薄である。

一瞬、なにも見なかったふりをして行き過ぎたい衝動に駆られたが、すぐそこに立っている相手を無視するわけにもいくまい。

小夜子は仕方なく「この家に何か御用ですか？」と声をかけた。

すると男は無言のまま、ゆっくりとこちらを振り向いた。

死者のような真っ白な顔に虚《うつ》ろな目。

思わず悲鳴をあげなかったのは、我ながら上出来と言えるだろう。

（え、なに、仮面？　仮面……だよね？）

白いゴム仮面をかぶった男性は、手元のタブレットになにやら打ち込み、小夜子に向かって差し出した。小夜子はそれを受け取ってその内容を確認し――思わずタブレットを取り落としそうになった。

『私は御子神冬也といいます。父が死んだとの知らせを受けて帰ってきました。顔に火傷《やけど》をしているので、仮面をかぶっています』

それが彼――御子神冬也と称する仮面男との出会いだった。

第三章　仮面の男

その後は当然のことながら、御子神家の一族にてんやわんやの大騒動が巻き起こった。

「帰ってきたのは良かったが……お前は本当に冬也なのか？」と困惑する夏彦。

「なんだかちょっと違和感がありますわね。いえ、誰も偽者だなんて言ってるわけじゃありませんのよ？　だけどやっぱり、なんだかねえ」とねめつける尊子。

「怪しいな。偽者が冬也になりすましてるんじゃないのか？　ごちゃごちゃ言わずにその仮面を取って見せろよ」とすごむ秋良。

「おかえりなさい冬也さん、ずっと心配してたのよ！」と涙ぐむ晴絵。

真冬は怯《おび》えたように立ち尽くし、夏斗は「すげぇ、ゴム仮面だ、マジすげぇ」と呟《つぶや》いている。

夏斗と真冬はすでに帰宅していたし、夏彦と秋良も連絡を受けて急遽《きゅうきょ》屋敷に帰ってきた。そして元から家にいた晴絵と尊子も加えた一同が広間に会して、仮面男を取り囲んでいる状態だ。

「ええと、一応仮面を外して見せていただいてもよろしいでしょうか」

小夜子がその場を代表して声を上げると、男は素直にうなずいて、ゴム仮面を外して見せた。その下から現れたのは、原形をとどめぬほどに無残に焼けただれた顔面だった。

ひう、と誰かが息をのむ音がする。

「……ありがとうございます。お付けになってください。不躾《ぶしつけ》なお願いをして申し訳ありませんでした」

小夜子が頭を下げると、男は再び仮面を付けた。

「可哀そうに冬也さん、一体なんでそんなことになったの？」

晴絵が涙声で問いかける。

仮面男がタブレットで語ったところによれば、その火傷は昨年起きたビル火災で負ったものらしい。今頃になって帰ってきたのは「さすがにこの顔じゃ不便だから、遺産をもらって整形手術代にしようと思って」とのこと。

御子神家の面々は互いに顔を見合わせた。

一応筋は通っているが、父親の葬式にも戻ってこなかった男の言い分としては実に身勝手な印象を受ける。妻の椿の死についてもこれといった感慨はなさそうな辺り、なかなか非道な話である。

その辺りについて誰か突っ込むかと思いきや、夏彦が「まあ、冬也らしいと言えなくもないな」と感想を述べた。小夜子は御子神冬也の人となりがなんとなく理解できたような気がした。

「――なあ、お前が本当に冬也ならさ、俺と一緒に近所の空き家に探検に行ったときのことは覚えてるよな？」

秋良がふと思いついたように問いかけた。その眼差《まなざ》しには胡乱《うろん》な光が浮かんでいる。対する仮面男はといえば、『もちろん、覚えている』との返事。

「それじゃあさ、あのとき何があったのか言ってみろ。お前が本当に冬也なら答えられるはずだぞ？」

皆が固唾《かたず》をのんで見守る中、仮面男はタブレットを駆使して答えを出した。

『あのときは謎の婆さんに追いかけられて怖かった』

再び秋良に目をやると、憮然《ぶぜん》とした表情で押し黙っている。どうやらそれで正解らしい。

「そ、それじゃ、お前が親父の短刀をいたずらして怪我をしたことがあったよな。そのとき怪我をした場所はどこだ？」

『左腕だ。すごく血が出て七針縫った』

「えっと、それじゃ……おい、兄貴も何か聞いてみろよ」

「そうだな。ええと、何かあったかな――」

秋良に促されて、夏彦も尋問に加わった。

一方晴絵は最初のうち「冬也さんがせっかく帰って来てくれたのに、疑うなんてよくないわ」とおろおろしていたものの、やがて「まあ、懐かしいわねぇ。あの時は本当に心配したのよ」「そういえば、こんなことがあったのは覚えている？」などと一緒になって思い出話を楽しんでいた。

そして仮面男はそのいずれに対しても、全てよどみなく答えてみせた。

しばらくはそんな状況が続いていたが、やがて尊子がうんざりしたように遮った。

「まあまあ皆さん、懐かしい家族の思い出話はその辺にしておいてくださいな。そんなことをいくら聞いても何の証明にもなりませんわよ、ね？　だって本物の冬也さんから教えてもらっただけかもしれませんもの。ここはやっぱりＤＮＡ鑑定を受けないとどうしようもないんじゃないかしら。ねえ、比良坂先生もそうお思いになるでしょう？」

「あ、はい。そうですね」

「ＤＮＡ鑑定というと、父の髪の毛か何かでやることになるんでしょうか」

夏彦が困惑したように言う。

「いえ、毛髪からＤＮＡを採取するのって実はかなり難しいんだそうです。一般的なのは口の中の粘膜からとる方法ですから、お母様の晴絵さんにお願いすることになります。……晴絵さん、そういうことで構わないでしょうか」

「ええ、それで冬也さんの疑いが晴れるんなら、粘膜なんていくらでも取って構いませんわ」

「冬也さんも、それで構いませんか？」

小夜子が仮面男に問いかけると、皆の視線が集中する中、男はこくりと頷《うなず》いた。続いて差し出されたタブレットには『別に構わない』の文字が打ち込まれている。

ほんの一瞬、その場に奇妙な沈黙が降りた。あえて発言する者はいなかったが、皆が同じことを考えているのは明らかだった。すなわち「あっさり受け入れるということは、仮面男はやはり本物の御子神冬也なのか」と。

「ええと、じゃあそういうことで、これから私が手配いたします！」

小夜子がそう宣言したことで、とりあえずその場はお開きとなった。


親子鑑定の手配を終えた後、小夜子は改めて先ほどの出来事を思い返した。

公開情報で目にした季一郎の三男、御子神冬也は、若き日の季一郎そっくりの美青年であり、不気味な仮面とのあまりの落差に違和感ばかりが先に立った。しかしあれだけ家族の思い出話に対応できたところをみても、やはり彼こそが御子神冬也なのだろう。

まあそれならそれで有難い。こちらとしても不在者財産管理人を立てる手間が省けようというものだ。そう納得しかけたところで、小夜子はふと奇妙なことに気が付いた。

家族——御子神冬也の家族。

（そういえば真冬さんは、あの最中どこにいたんだろ）

最初は確かに同じ広間にいたはずなのだが、途中から姿を見かけた記憶がない。家族の思い出クイズに参加していたのは、夏彦と秋良、そして晴絵の三人で、真冬は何一つ発言していないし、発言を促されもしなかった。

しかし考えてみれば真冬だって、いや真冬こそが御子神冬也の家族なのではあるまいか。なんといっても彼女は冬也のたった一人の娘なのである。それなのに真冬は一体どこに消えてしまったのだろう。

（黙って部屋に帰っちゃったのかな）

だとしても別に問題はないはずだが、なんとはなしに放っておいてはいけない気がして、小夜子は以前連れて行ってもらった真冬の部屋へと足を向けた。

「真冬さん、弁護士の比良坂です。お話があるのですが、少しお時間をいただけないでしょうか」

そう呼びかけながら数回ノックしたものの、一向に返事は聞こえない。内部がしんと静まり返っていることからしても、真冬は不在だと思われる。さて、どうしたものだろう。

部屋の前でうろうろしていると、背後から「真冬に何か用?」と声を掛けられた。振り返ると御子神夏斗がぬっと立っている。

「真冬になんか用事でもあるの?」

「はい。遺言執行の件で、真冬さんと内密にお話ししたいことがありまして」

「ふうん、それで、部屋にいないの?」

「ええ、たぶん。ノックしてるんですが返事がないんですよ」

「出かけてるのかな。携帯にかけてみようか」

「あ、はい。お願いします」

夏斗がかけると、部屋の中から微《かす》かに発信音が聞こえた。

「携帯が部屋にあるってことは、家の中にはいるんだろうな」

「ですよね。どこにいらっしゃるかお心当たりはありますか?」

「全然。俺あいつとはあまり喋《しゃべ》らないし」

夏斗は肩をすくめてみせた。

「それじゃ、俺は自分の部屋に戻るから」

「あ、はい」

夏斗はそのまま小夜子に背を向けて、すたすたとその場を立ち去った。親切なのかなんなのか、よく分からない青年である。

（もうちょっとだけ探して、いなかったら書斎に帰ろうかな）

仕方なく屋敷内をやみくもに歩き回ることしばし。やがて廊下が行き止まりになったところでぽつんとたたずむ御子神真冬を見出《みいだ》した。こちらに背を向けて俯《うつむ》いたまま、なにか小声で歌っているようだ。

なんとなく不気味なものを感じつつ、そっと傍に近寄ると、「ねーこにゃんにゃん、ねこにゃんにゃん」という歌詞がかすかに聞こえてきた。

真冬は歌に合わせて猫じゃらしを揺らしており、足元には蜜柑が半ば立ち上がりながら、真冬の揺らす猫じゃらしに猫パンチを食らわせていた。

「ねこにゃんねこにゃんねこにゃんにゃ……」

ふいに歌声がやんで、真冬がこちらを振り向いた。

「すみません。何も聞いてません」

「……別にいいけど」

真冬は相変わらずの無表情だが、頬が若干赤かった。

「何か用？」

「いえ、用というほどのことではないのですが……」

こうして探しに来たものの、いざ本人を前にすると、具体的に何を話していいのか分からない。こんなとき祖母なら、一体なにを話しただろう。

「何か訊《き》きたいことでもあるの？」

「ええ、まあ」

「あの仮面の人のこと？」

「はい。あの、真冬さんは……」

「なに？」

「……真冬さんはあの方がお父様だと思いますか？」

無理やりひねり出した質問は、実に芸のないものだった。案の定、答えはない。

まあ、それはそうだろう。真冬は離れたところから仮面男を目にしただけで、口もきいていないのだ。あれだけで判断出来たらそちらの方が吃驚《びっくり》だ。

「すみません、やっぱり分かりませんよね」

真冬はなにも答えないまま、ただ無言でじっとうつむいている。

「あの、それじゃ、私はこれで──」

「弁護士さん」

そそくさと立ち去りかけた小夜子に、真冬がようやく口を開いた。

「はい」

「さっきの質問だけど」

「はい」

「あの人は私のお父さんじゃない」

「え、それじゃやっぱり偽者だってことですか？」

思いもよらぬ断定口調に、小夜子は驚きの声を上げた。

やはり実の娘には分かるのか。これが親子の絆《きずな》という奴か？

慌てふためく小夜子に対し、真冬は「そうじゃなくて」と首を横に振ってみせた。

「お父さんは私のお父さんじゃないの」

「ええと、それはつまり」

「一応確認するけど、弁護士って守秘義務があるんだよね？」

「はい。真冬さんからお聞きしたことはけして誰にも漏らしません」

「それじゃ言うけど……お父さんね、いなくなる二年くらい前から私とは口もきかなかったの。お母さんとはしょっちゅう怒鳴りあいの喧嘩《けんか》してて、それで……『あいつは誰の子だ?』ってお母さんに言ってるのが聞こえちゃった」

「……それで椿さんは?」

「貴方《あなた》の子だって言ってたけど、お父さんは納得してなかったみたい。それで……それでお父さんいなくなっちゃった」

なんの感情もうかがえない声音で、真冬は言った。

「だから帰ってきたのが本物かどうかは分からないけど、本物だとしても私のお父さんじゃないの。……私に偽者かどうかを見分けるのを期待しないで」

真冬はそう言い残し、小夜子に対して背を向けた。猫を伴い立ち去る後ろ姿がいかにも痛々しくて、消えてしまいそうなほどに儚《はかな》げで、柄にもなく胸が締め付けられるようだった。

おそらく彼女は今の今まで、その小さな胸に大きすぎる秘密を抱え、一人で苦しんできたのだろう。守秘義務のある弁護士相手でないと打ち明けられないほど重い秘密を。

そして小夜子は唐突に、自分が彼女の母親とどこで出会ったのかを思い出した。

○　四十九日まであと十七日

「ねえユイ子ちゃん、この人、この人覚えてない？　三年くらい前に旦那《だんな》さんに暴言吐かれてるって相談に来てた人なんだけど！」

翌日。事務所に出勤した小夜子は、事務員の坂上ユイ子に真冬から借りた写真を見せつつ問いかけた。

「あ、覚えてますよ。せっかく美人さんなのに酷《ひど》い男に捕まって気の毒だなーって思いながら聞いてましたから」

「ああ、良かった。やっぱりそうだよね！　記憶違いじゃなかった！」

小夜子はうんうんと頷《うなず》いた。

あれは今から三年前。小夜子が坂上法律事務所に入って間もないころ、初めて担当した無料法律相談の相手が、他でもないこの女性だったのである。名前は御子神椿ではなかったと記憶しているが、偽名を使っていたのだろう。

女性の相談内容は夫からの暴言だ。結婚当初は優しかったが、あるときから急に冷たくなり、頻繁に不貞を疑う言葉を口にするようになったという。

――あいつは誰の子だって、私の不貞を疑うようなことを口にするようになったんです。

――原因は思い当たりません。私には本当に心当たりがないんです。

――疑うならDNA鑑定をしようって言っても、結果は分かってるからそんなものは必要ないって、そればっかりで。

女性は憔悴《しょうすい》しきった様子でそう語った。

それに対して小夜子は「貴方が受けているのは立派なモラルハラスメントですから、離婚事由になりますよ」とアドバイスしたのだが、女性は「いえ、離婚はできません。まだ子供が小さいので」と首を横に振ったのを記憶している。

それならどうしたいのかと尋ねたところ、どうやら女性自身もよく分かっていないようだった。

実を言えば無料法律相談において、この手の相談者はけして少なくないのである。とにかく現状を何とかしたくて発作的に相談に来たはいいものの、具体的に自分がどうしたいのか、どうなりたいのか、そのためにどんな形で手を貸してほしいのか、自分でもよく分かっていないのだ。

「無料法律相談はまず法律の問題に落とし込むのが大変だ」とはベテラン弁護士の間でもしばしば言われることである。

それでもかの比良坂貴夜子ならきっとうまい具合に誘導して落としどころを見つけたのだろうが、比良坂小夜子にできるのは教科書通りの提案をするのが関の山だ。

結局女性は何の解決策も見いだせないまま、肩を落として法律事務所を出て行った。

その後ろ姿がいかにも痛々しくて、消えてしまいそうなほどに儚げで、小夜子は「どこか別の事務所で頼りになる立派な弁護士に出会って、うまい具合に解決策を見つけてもらえるといいなぁ」なんて他力本願な希望を抱きつつ見送ったものだが、結局それは叶《かな》わなかったというわけだ。夫の失踪《しっそう》と妻の自殺。また随分と後味の悪い結末になってしまったものである。

「――で、そのモラハラ夫が御子神冬也だったと。つまり御子神冬也の失踪は妻の不貞が原因ってことか」

話を聞いた葛城はいかにも面倒くさそうな調子で言った。

「はい。冬也本人は理由を明かしていませんが、その可能性が高いと思います。ただ御子神椿は本当に全く心当たりがないそうなので、おそらく二人の間になんらかの誤解があったんじゃないかと」

「心当たりがないって、そりゃ御子神椿がそう言ってるだけじゃないのか？」

「え？　いえ、でも、彼女が嘘を言っているようには見えませんでした」

「そんな印象が当てになるのか？　自分に不利な事実を隠して話す相談者は珍しくないぞ」

「え、でも……」

言われてみると、葛城一馬の言う通りである。

それでも御子神椿に関しては違うと言いたいところだが、ポンコツな自分の印象なんてなんの根拠にもなりはしない。

「私の勘違い……だったんですかね」

小夜子がそう流されかけたとき、横から強力な援護射撃が入った。

「いやぁ、あれは絶対にシロっすよ！」

「そ、そうだよね、やっぱりそう思ったよね！　ほら、ユイ子ちゃんが言ってるんだから、彼女はやっぱりシロなんですよ！」

「他人の判断に頼らないと反論できないのかお前は」

「はい。自分の印象は信じられませんが、ユイ子ちゃんの勘は信じられます。これは経験と実績に基づく合理的な判断です」

「言ってて情けなくならないか？」

「いえ、全く」

余計なプライドを持たないのは、己の数少ない長所だと自負している。

それに実際のところ、ユイ子の勘は当たるのだ。無実を訴える依頼者について、ユイ子が「あれは絶対やってるっすよ！」と断言したら、後になって動かぬ証拠が出てきたり、逆に「あれは絶対シロっすね！」と断言したら、後になって真犯人が見つかったり。小夜子の知っている限り、これまでユイ子が「絶対」と断言したことは百パーセント真実だ。

坂上所長が娘のユイ子に期待をよせるのも無理はない。彼女がまともに法律を勉強したら、小夜子よりよほど立派な弁護士になれるだろうに、今のところそんな気配が微塵《みじん》もないのが実に残念なところである。

「それで真冬さんは、自分と仮面男の親子鑑定もやって欲しいって言ってるんですよ。この際だから白黒つけたいってことなんでしょう。費用は今まで貯めたお小遣いから出すそうです」

「いいけど、下手したら藪蛇《やぶへび》になるんじゃないのか？」

「え、それは大丈夫ですよ。椿さんは浮気《うわき》なんてしてませんから、真冬さんは間違いなく冬也さんの子供なわけですし」

「そう言うけどな……。それじゃせめて御子神真冬の鑑定結果は御子神邸じゃなくこの事務所に届くようにしとけよ。それから御子神真冬に自分と仮面男の鑑定もすることは絶対周囲には言わないようにってちゃんと釘《くぎ》を刺しとけ」

「了解しました」

いずれにしても結果は変わらないと思うが、葛城の言うことにはとりあえず従うのが小夜子の基本方針である。

（それで真冬さんが実の子だと分かれば、冬也さんも今までの態度を改めるよね）

今さら誤解を解いたところで御子神椿は返ってこない。それでもわだかまりをなくすことができたら、死者に対するせめてもの手向《たむ》けになるだろう。

それに御子神真冬の方も、父と和解できれば多少は気持ちが安定して、猫が死を予言するなどという危うい発言もなくなるだろう。そんな風に考えていた。そのときは。

○　四十九日まであと十六日

翌日になり、業者から届いた検査キットを使ってさっそくDNAの採取が行われた。

御子神家の一族――夏彦夫妻と夏斗と真冬と晴絵が見守る中で、仮面男が仮面をずらすと、前回見たのと同様に焼けただれた顔面が現れる。そしてあんぐり開けた口に綿棒が突っ込まれ、口腔《こうこう》内の粘膜がこすり取られて専用のケースに密封される。

ちなみに実行したのは小夜子である。小夜子は「失敗したらどうしよう」という不安から当初渋っていたものの、尊子の「一番公平な立場ですし、なんといっても遺言執行者ですものね？」という主張によって押し切られた。

まあ通常なら失敗するようなものではないらしいが、やっている間中、ごまかしは許さないと言わんばかりに凝視する尊子や、「へぇ、こんな風にやるんだ」と興味津々の夏斗、無言のままそっと見つめる夏彦に、心配そうに見守る晴絵のおかげで、手元が震えないようにするのが一苦労だった。

意外だったのは、その場に御子神秋良が見当たらなかったことである。

「時間までには帰ってくると言っていたのですが」

夏彦がどこか申し訳なさそうな口調で言ったが、小夜子にとってはギャラリーが一人減るだけでもありがたかった。

その後、晴絵からも同様に粘膜を採取してから、皆の前で封筒に入れて封緘《ふうかん》し、「では、郵便局に行ってまいります！」と宣言して玄関へと向かおうとしたところ、なぜか当然のように御子神尊子がついてきた。

「近くの郵便局まで私が車でお送りしますわ。先生は場所が分からないでしょう？」

「いいえ、分かりますから大丈夫ですよ」

屋敷の門を出てすぐのところに一軒あったのを記憶している。

「まあ遠慮なさらないでくださいな。私がちゃんとお送りしますから、ね？」

笑顔のままで威圧してくるのが恐ろしい。万が一にも間違いのないように、郵便局で発送するところまでちゃんと見届けるということか。

「……分かりました。それじゃお願いします」

小夜子が逆らえるはずもなく、結局そのまま郵便局まで同行する羽目になった。

同行中の尊子は終始愛想が良かったが、小夜子はなんだか躾《しつけ》の良い肉食獣と同じ檻《おり》に入れられた二十日鼠のような心細い気分を味わった。

尊子が監視する前で封筒を郵便局員に手渡したのち、小夜子は「あの、それじゃ私は向かいのコンビニに用事がありますので、この辺で！」と尊子に対して別れを告げた。

「ご用事が終わるまで車でお待ちしましょうか」

「いえ大丈夫です。その、別の方の秘密に関わることですので」

小夜子が言うと、尊子はあっさり引き下がった。サンプルを提出した以上、小夜子に用事はないのだろう。

その後小夜子は宣言通りコンビニでしばらく時間を潰《つぶ》してから、再び郵便局へと舞い戻ると、事前に採取しておいた真冬のＤＮＡサンプルを先ほどと同様に検査会社に発送した。これでようやく任務完了だ。

結果が出るのは十日から二週間後だそうなので、遅くとも四十九日の前までには親子関係の有無が判明するはずである。晴絵と仮面男。そして真冬と仮面男。そのいずれも親子であると早く証明されればいい。小夜子は心からそう願った。

一仕事終えた気持ちで御子神邸に戻ると、執事の村上が困ったような顔で出迎えた。

「失礼ですが、秋良様を見かけませんでしたか？」

「いいえ。秋良さんがどうかなさったんですか？」

「すでにお戻りになっているようなのに、お姿が見当たらないのです」

村上によれば、なかなか帰ってこない秋良を心配して表に出てみたところ、車寄せに秋良の愛車が停まっているのを発見したと言う。しかし彼の滞在している客室にはいなかったし、他に行きそうなところにも見当たらないとのこと。

「それじゃ、車だけおいてまた出かけたんじゃないでしょうか」

「しかしその前に、DNA採取について私どもに確認なさると思うのです」

「それはまあ、そうですねえ」

御子神秋良は仮面男が偽者ではないかと露骨に疑っていたわけだし、採取がきちんと行われたかどうかについて、小うるさく確認しそうなものである。

「ご親族の方々にお聞きしたのですが、どなたも見かけておられないそうです。携帯電話も電源が切られているようで繋《つな》がらないし、いったいどこにいらしたのか」

「それは心配ですね」

小夜子はそう口にしつつも、内心ではそれほど気にしていなかった。

幼い子供ならいざ知らず、相手は体格のいい成人男性。何もそこまで心配することもあるまい。おそらくなにか緊急の用事でもできたのだろう。夏彦によれば彼には借金があるそうなので、もしかしたらそちらの関係かもしれない。

（そういえば、そろそろ小説が更新されてる頃だよね）

小夜子は適当なところで村上との会話を切りあげて、例の籐《とう》椅子のところに向かった。

ところが折れ曲がった廊下を歩いている途中、今度は真冬に呼び止められた。

「今、出してきたの？」

真冬はいかにもどうでもよさそうな表情で尋ねた。

「はい。出してきましたよ」

「それで……」

「十日から二週間ほどで結果が返ってくるそうです」

「そう」

「大丈夫ですよ」

「何が」

「だから、大丈夫です」

小夜子が重ねて言うと、真冬は無言でふいと視線をそらした。坂上ユイ子の特殊能力を知らない以上、真冬が鑑定結果について不安に思うのも無理はない。だから小夜子はただ「大丈夫です」と繰り返した。

結果が出て、自分が紛れもなく冬也の娘だと分かったら、この不愛想な少女はどんな表情を見せるだろう。そして仮面男こと御子神冬也は、果たしてどんな反応を示すだろう。今までの仕打ちを真冬に対して謝罪して、涙の一つも流すだろうか。

小夜子は「今まですまなかった！　これからはずっとお父さんと一緒だからな！」と真冬を抱きしめ号泣する冬也の姿を思い浮かべてみたものの、不気味な仮面姿のおかげで今一つ感動的な場面にはならなかった。やはり彼には一刻も早い整形手術が必要だ。

などと益体もないことを考えていると、真冬がふいに「そういえば、どこかで蜜柑を見なかった？」と問いかけた。

「蜜柑？　いいえ、見かけていませんが」

「そう」

「見当たらないんですか？」

「うん、ご飯の時間なのに見当たらないの。いつもは自分から催促しに来るのに」

「それは心配ですね」

小夜子はそう口にしつつも、内心では全く気にしていなかった。

猫というのは気まぐれなものだし、別にそこまで心配することもあるまい。どこぞで太った鼠でも見つけて、そちらに集中しているのだろう。あるいは窓の外に魅力的な野良猫でも見つけて、ガラス越しの逢瀬《おうせ》を楽しんでいるのかもしれない。

真冬とも別れ、小夜子は今度こそウェブ小説の続きを確認すべく、籐椅子のところに足を向けた。小説は前回いいところで終わっていたので、続きが大変気がかりだ。公爵令嬢による婚約解消の申し出に対し、あの王太子は果たしてなんと答えるのだろう。今まであれだけ彼女をないがしろにしていたのだから、素直に応じてほしいものだが、あの厄介な男は思いもよらない反応を示しそうな気もする。

そんなことを考えながらくだんの籐椅子にたどり着いたところ、あいにくそこには先客がいた。なんとあの蜜柑色の猫が、獲物を狙うようなポーズをとって庭の方に顔を向けていたのである。

「なんだ、お前、こんなところにいたんだね。真冬さんが探してたよ」

小夜子が声をかけても振り向きもせず、猫はただひたすらに庭を見つめているばかり。

やはり鼠でもいるのだろうか。視線をたどって庭を見やると、植え込みの向こうからにゅっと二本の足が伸びているのが目に映った。

「え、うそ、人間？」

植え込みの向こうに男性が仰向《あおむ》けに倒れているようだ。小夜子は慌ててガラス戸を開けると、靴下のまま敷石の上に降り立った。

「すみません、大丈夫ですか？　救急車、そうだ、救急車を呼ばないと！」

おろおろしながら様子を確認しに行き――そして小夜子は絶叫した。

第四章　第一の殺人

その後のことは、かなり記憶があやふやだ。

ただ覚えている光景と言えば、「俺じゃないぞ、俺じゃないからな！」とおろおろする夏彦に、「そんなこと当たり前じゃありませんの。落ち着いてくださいな」となだめる尊子に、「秋良ちゃん！　返事をして、秋良ちゃん！」ととりすがって号泣する晴絵。怯《おび》えた様子の真冬。呆《ほう》けたように座り込む夏斗。そして騒動の中、物陰にひっそりとたたずむ仮面の男。

そして気が付けば、小夜子は御子神邸の一室でスーツ姿の男女と向かい合っていた。

「やあ初めまして！　貴方《あなた》が第一発見者の比良坂先生ですね。おばあ様のご高名はかねがねうかがっております。僕は捜査一課の成海瞬《なるみしゅん》。こちらは同じく捜査一課の桐谷《きりや》環《たまき》。これからしばらくお付き合いいただくことになるので、仲良くやっていきましょう」

男性刑事は場違いなほどに朗らかな調子で言った。茶色がかった柔らかそうな髪と甘く整った目鼻立ち。葛城とはまた違ったタイプの実に華やかな美男子だ。一方紹介された小柄な女性刑事の方は、仏頂面で小さくうなずいたきりだった。

「それじゃあ一切合切お聞かせ願えますか？　発見した時の状況と、被害者についてご存じのことを」

小夜子はなんだか悪夢の中にいるような心持ちで、問われるままに発見時の状況と、自分が知っていることを洗いざらい打ち明けた。

御子神秋良が仰向けに倒れていたこと。彼の手元に刃物があり、周囲にはおびただしい血が流れていたこと。秋良は御子神家の次男であり、父親の遺言に不満を示していたこと。

小夜子の説明は我ながら実にたどたどしく要領を得ないものだったが、成海は「ああなるほど、猫ですか」「偽造ねぇ、それはそれは！」などとタイミングよく相槌《あいづち》を打ちながら、熱心に耳を傾けてくれるため、気が付けばかなりどうでもいいことまで自分からぺらぺらと話してしまった。

「――なるほど、実に興味深いお話でした」

成海はいかにも感心した様子でうなずいた。

「つまり被害者はその遺言を偽造じゃないかと疑っていたわけですね」

「はい」

「そうなると、やはり『実際に偽造していた人物が発覚を恐れて殺害した』と考えたくなりますね。ちなみにその場合、比良坂先生は誰が犯人である可能性が最も高いと思いますか？」

「さ、さあ、私からは何とも」

「まあそう警戒なさらず、あくまでここだけの話ですよ。けして外部には漏らしませんから。さ、どうなんです？」

「いいえ、そう言われても、分かりません」

弁護士として、ここで誰かの名前を出すのがまずいことは、さすがの小夜子にも理解できる。

「それでは質問を変えましょう。あの遺言の存在で得をしているのは誰ですか？」

「え、それは……」

「直接的には、利益を受けているのは御子神夏彦さんですよね、どう見ても」

「ま、まあ、そういうことになるんでしょうかね、一応は」

さすがにそこを否定するのは苦しくて、小夜子は仕方なくうなずいた。

「間接的には妻の御子神尊子さん、そして息子の御子神夏斗さんですか。お二人とも夏彦さんの相続人ですよね」

「それは……そうですね」

「ありがとうございます。大変参考になりました。――それでは偽造はいったん置いといて、御子神秋良の死で純粋に得をした人間は誰でしょう」

「遺産相続に関して、ということですか？」

「はい。とりあえずは、そうですね」

御子神秋良の死によって、得をした人間。

「それは……晴絵さんです」

「御子神晴絵？　夏彦や冬也ではなく？」

成海が怪訝《けげん》そうな声を上げた。

「確か妻子のある人間が亡くなった場合は、法定相続では半分は配偶者にいき、残りの半分は子供たちが等分することになるんですよね。秋良が死んだら、取り分が増えるのは兄弟である夏彦や冬也じゃないんですか？」

「季一郎さんが亡くなる前ならそうですけど、季一郎さんが亡くなった後に秋良さんが死亡しても、夏彦さんや冬也さんたちの取り分が増えることはありません。秋良さんが相続するはずだった権利は、そのまま全て秋良さん自身の承継人にいきます。つまり母親の晴絵さんです」

相続の優先順位は配偶者を別にすれば、第一に子や孫といった直系卑属、第二に親や祖父母といった直系尊属、そして第三に兄弟姉妹である。自分より優先順位の高い相続人がいる場合は、後順位者には一切権利が回ってこない。

今回の件に関して言えば、現時点で御子神秋良を相続する権利があるのは、直系尊属である御子神晴絵ただ一人だ。

「なるほど、それで御子神晴絵さんなわけですね」

「はい。あ、でも、晴絵さんは遺言の内容に納得していて、自分自身の遺留分を請求する気もないと言っているんです。当然秋良さんから承継した遺留分侵害額請求権を行使することもないでしょうから、晴絵さんが遺産のために秋良さんを殺した可能性は低いんじゃないかと思います」

「それは本人がそう言っているだけですよね？　後で気が変わったと言って、行使する可能性だって十分あるんじゃないですか？」

「それはまぁ、そうですけど」

「しかしもちろん、行使しない可能性もある。そうなると、やはり得をするのは夏彦か冬也ということになりますね。秋良の遺留分が請求されなければ、それだけ二人の取り分が増えるわけですから」

「それは、そうですね」

「夏彦の相続人である尊子や夏斗も間接的には得をする。同じ理屈が冬也の相続人である真冬にも当てはまりますね。つまり動機は全員にあるというわけだ。ちなみに屋敷にいた人間で、殺害時刻に明確なアリバイがあるものは一人もいないんですよ。つまり全員に犯人の可能性がある。いやはや、実に凄《すさ》まじい状況ですねぇ」

成海はくすくすと笑ったが、小夜子としては到底笑える心境ではなかった。

果たして御子神秋良を殺害したのは誰なのか。夏彦か冬也か。あるいは尊子。それとも夏斗。晴絵の可能性だってないとはいえない。真冬の可能性はさすがにないと思いたいが。

今まで殺人事件と関わったこともないではないが、それはあくまで逮捕起訴された状況下での話である。今回のように「周囲の誰かが殺人犯」というのはまるで未知の領域だ。四十九日が過ぎるまで御子神家との付き合いは終わらない。これから野生の殺人犯と一つ屋根の下で仕事をせねばならないのかと思うと、じわじわと恐怖が湧いてくる。

小夜子が蝦蟇《がま》のようにたらたらと冷や汗を流していると、成海は軽い調子で言葉を続けた。

「とはいえまだ遺産絡みと決めつけるのは早計ですよね。外部の人間の可能性も普通にあるわけですから」

「え？」

「あ、言ってませんでしたね。現場は屋内ではなく中庭ですし、裏門の防犯カメラは壊れていたので、外部からの出入りは可能なんですよ」

「え、そうなんですか？」

「そうなんですよ。被害者の携帯電話は庭池に放り込まれていたので現在復旧作業中ですが、そこに犯人との通話記録が残っていた可能性があります。つまり外部犯が事前に彼を庭に呼び出して殺害したのかもしれないわけです」

成海は軽やかに微笑んだ。

小夜子はなんだか気が抜けたような思いで、「そうなんですか」と繰り返すよりはかになかった。


聴取を終えて部屋を出ると、小夜子は深々と息をついた。椅子に座って喋《しゃべ》っていただけだというのに、精神的疲労が著しい。

とにかく今日は家に帰ろう。帰って温かい風呂《ふろ》に入って小説の更新分をチェックしてから泥のように寝てしまおう。

そんなことを考えながらふらふらと玄関に向かっていると、折れ曲がった廊下の向こうを歩く御子神真冬の後ろ姿が目に映った。彼女も別室で聴取を終えたところだろうか。十歳の子供に今回の事件はさぞかし堪《こた》えたに違いない。

小夜子は「真冬さん」と声をかけようとして、直前で言葉を飲み込んだ。

――蜜柑が言ってるの。この家では、また人が死ぬことになるって。

そして今、御子神秋良が殺された。

(偶然だよね……？)

小夜子は結局声をかけることなく、御子神邸を後にした。背後から猫の鳴き声が聞こえたような気がした。

○　四十九日まであと十五日

翌日。小夜子が事務所に出勤すると、坂上所長が心配顔で駆け寄ってきた。

「聞いたよ、小夜子ちゃん！　小夜子ちゃんが遺体を発見したんだってね。可哀そうに、ショックだったろう」

事務員のユイ子も「比良坂センセイ、凄《すご》い体験したっすね」と感心したように声をかけて来るし、他の事務員や弁護士も口々にいたわりの言葉をかけてきた。

「あれ、皆さんもうご存じなんですか？」

報告はこれからなのに、なんで昨日の一件が周知されているのか分からない。事件自体はすでに報道されているにしても、第一発見者云々《うんぬん》はマスコミにも知らされていないはずである。

小夜子が当然の疑問を口にすると、坂上から意外な答えが返ってきた。

「うん、葛城君に聞いたんだよ」

「葛城さんに？」

ちらりと彼のデスクを見やると、何やら書類を確認している後ろ姿が目に映る。

「お早うございます、葛城さん」

「おう」

そこでようやく彼はこちらを振りむいた。心なしか、普段より眉間《みけん》の皺《しわ》が深いように感じられる。

「葛城さんはなんで私が第一発見者なことまでご存じなんですか？」

「成海からいきなり電話がかかってきて、何かと思ったらお前が死体を発見したことを知らされたんだよ」

「え、あの刑事さんって葛城さんのお友達だったんですか？」

「友達なわけあるか。単なる大学の同期だ」

葛城は吐き捨てるような口調で言った。

「二度と関わりたくなかったのに、まさかこんな形で奴と会話する羽目になるとは思わなかったよ。大体お前、こんな事件に巻き込まれてるなら、なんでさっさと俺に連絡してこないんだ。あいつに君の後輩って可愛いねーとかなんとかふざけたことを言われながら、事情を知らされた俺の気持ちが分かるか？」

「え、だってその、つまらないことでいちいち連絡してくるなって葛城さんが」

「アホか、これは連絡すべき案件だろうが！」

「え、そうなんですか？」

「何をどう見てもそうだよ」

「そうですか。大変申し訳ありませんでした」

小夜子は素直に謝罪した。そして「どっちにしても怒られるなら、これからは遠慮せずにガンガン連絡することにしよう」と心に決めた。

幸いなことに、今日は御子神家に行く用事もないので、小夜子は事務所に振られた新たな案件をちまちまと進めることで時間を潰《つぶ》した。

昼休みにはいつものようにお気に入りのウェブ小説を確認したが、あいにく今日は更新を休んでいるようだった。

（いいところだったのになぁ）

まあ他に仕事もあるだろうし、毎日更新というのはなかなか大変なのだろう。小夜子はがっかりしつつも気持ちを切り替え、代わりにニュースサイトを確認したところ、案の定というべきか、全ての局で御子神家殺人事件が大々的に扱われていた。

有名な実業家の息子が自宅の敷地内で殺されたとあっては、マスコミが注目するのも当然だが、報道関係者が屋敷を取り巻く光景を見ていると、中にいる晴絵や真冬たちがどんな気持ちでいるのかと胸が痛む思いである。

おまけに三日後には屋敷内にある美術骨董《こっとう》の鑑定が予定されており、小夜子は立ち会いのためにまた御子神邸に行かなければならない。それまでになんとか犯人が捕まってくれるといいのだが。

しかしそんな小夜子の願いもむなしく、犯人逮捕の報はないまま、三日間が経過した。

○　四十九日まであと十二日

そして三日後。小夜子は予定通り御子神邸を訪れた。正直言って二度と行きたくない屋敷だったが、遺言執行を引き受けた以上は仕方がない。

マスコミを避けて裏門からこっそり入ると、執事の村上が出迎えてくれた。こころなしか彼も疲労の色が濃いようである。

小夜子が「大丈夫ですか?」と尋ねると、「私など、夏彦様や大奥様のご心労に比べれば物の数ではありません」との返事。聞けばあの事件以来、御子神一族は皆外出もままならず、屋敷内にこもりきりで過ごしているらしい。小夜子は他人事《ひとごと》ながら「家が広くて良かったな」と思わずにはいられなかった。

話題になっている殺人事件の現場とあって、訪れた鑑定人は皆どことなく落ち着かない様子だった。一刻も早く帰りたそうな者。興味津々に周囲を見回す者。中には意味ありげな視線を向けつつ、「あっちの中庭ですよね?」と尋ねてくる不届き者も一人いたが、「守秘義務がありますので」の一点張りで押し通した。

一段落ついて書斎で休憩していると(さすがにあの籐《とう》椅子のところに行く気にはなれなかった)、執事の村上が呼びに来た。なんでも晴絵がひどく落ち込んでいるので、話をしに行ってほしいとのこと。

行ったところで気の利いた言葉のひとつも言えないし、晴絵にとって慰めになるのか甚だ心もとなかったが、まあこういうときは全くの部外者と会うことが、かえって気晴らしになるのかもしれない。

ノックをして部屋に入ると、晴絵は「いらっしゃい、比良坂先生」と弱々しく微笑んだ。彼女の前にあるローテーブルには何冊ものアルバムが広げられている。

「今、あの子の遺影を選んでいたところなの」

秋良の携帯電話は未《いま》だ復旧できないままだし、秋良の自宅にあるパソコンはパスワードが分からない。そこで御子神邸にあるアナログの写真が遺影として採用されることになったらしい。

晴絵はアルバムをめくりながら、「ほら、これなんか格好いいでしょう」「この笑顔もとても好きなのよ」などと言いつつ、愛する息子の思い出を憑《つ》かれたように語り続けた。

御子神秋良がいかに優しい人間だったか。いかに思いやりに満ちていたか。晴絵は時おり涙ぐみながら「遺産絡みなんてありえないけど、怨恨《えんこん》も信じられないわ。だって秋良さんは他人様に恨まれるような子じゃなかったもの」と繰り返した。

対する小夜子は「私が知っている秋良さんとは別人だなぁ」と思いつつ適当に調子を合わせていたが、彼の善良さについて懇々と説かれているうちに、次第に彼が素晴らしい人格者だったような気になってきた。

実際、写真の中の御子神秋良はなかなかの好青年ぶりで、その笑顔はまぶしいほどに輝いている。小夜子にとっては威圧的で攻撃的な印象ばかりが強かったが、それなりに良いところもあったのだろう。

いやぁ実に惜しい人を亡くしたものだ。良い人ほど早く亡くなるというのは本当なのかもしれない——などとしんみりした気持ちになって晴絵のもとを辞したのち、書斎の扉を開けた瞬間、その気分をぶち壊すような陽気な声が耳に響いた。

「やあ、比良坂先生！　またお会いできて嬉《うれ》しいですよ」

つい先日会ったばかりの刑事、成海瞬が書斎のソファに腰かけて、白い歯を見せて笑っていた。

「……成海さん、なんでここに」

「嫌だなぁ、比良坂先生にお会いしたくてうかがったに決まっているじゃないですか。使用人の方に聞いたら書斎におられるとのことだったのですが、いらっしゃらなかったので中で待たせていただきましたよ」

「そ、そうですか」

なんというか、自由な人だ。葛城からは「とにかく碌《ろく》な男じゃないからな。お前もあいつには関わるなよ」と言われていたが、向こうから近づいてくる分にはどうしようもない。第一発見者という立場上、少なくとも事件解決までの間は、関わらざるを得ないだろう。

「そういえば、成海さんは葛城さんとお知り合いだったんですね」

小夜子は彼の向かいに腰かけてから、思い出したように問いかけた。

「ええ、大学の同期なんですよ。いわゆるライバルと言いますかね、互いに切磋琢磨《せっさたくま》する良い関係だったんですよ。いやぁ懐かしいなぁ」

成海は楽し気に目を細めた。どうも互いの認識に齟齬《そご》があるようだが、あえて訂正することもないだろう。

「そういう比良坂先生は事務所の後輩なんですよね。あいつとは親しいんですか？」

「親しいと言うか、司法修習のころから指導係についてもらっています」

「そうですか。それじゃ結構長い付き合いなんですね」

成海はほがらかに言ったのち、ふと気づかわし気に問いかけた。

「でもあいつが指導係なんて、比良坂先生も大変なんじゃありませんか？」

「え？」

「いえ、葛城は悪い奴ではないんですけど、昔から物言いがきつくてね。ゼミでもあいつにきついことを言われて泣いてしまった女子が何人もいたんですよ。そのたびに僕がフォロー役だったんです。比良坂先生もあいつに関する愚痴があるならお聞きしますよ」

「いいえ、そんなことは全然ないです。葛城さんはとてもいい指導役ですよ」

「はは、そんな気を遣わなくてもいいんですよ。あくまでここだけの話にしておきますから、心置きなく本音をどうぞ」

「いえ、これが本音ですよ」

「分かりましたよ。そういうことにしておきましょう」

成海は茶目っ気たっぷりに片目をつぶってみせた。口に出さずとも小夜子の内心はお見通しだと言わんばかりの態度である。

とはいえ小夜子にしてみれば、今しがたの発言は気を遣ってのものではなく、紛うかたなき本音だった。

学部時代から司法研修所に至るまで、「比良坂貴夜子の孫」である小夜子に期待する人間はけして少なくなかったが、小夜子のポンコツぶりを理解するにつれて離れていくのが常だった。やはり期待が大きい分、失望も深くなるのだろう。

小夜子としてもその気持ちは大変よく分かるので、別段恨めしく思うこともない。むしろがっかりさせてごめんなさいと土下座して謝りたい気分である。

中には坂上のように小夜子の「潜在力」に期待し続ける人間もいるにはいるが、それはそれで騙《だま》しているようで心苦しいことこの上ない。

その点、葛城一馬は小夜子が根っからのダメ人間であることをきちんと理解している。そのうえで見捨てることなく指導を続けているのである。客観的に見て大変立派な人物だと思うし、主観的には一生ついていきたいくらいなのだが、それを本人に伝えたところ物凄《ものすご》く嫌そうな顔をされたので、以来心の中でこっそり思うにとどめている。

——などと説明するのもあれなので、小夜子はただ曖昧《あいまい》な微笑を浮かべた。

「では共通の友人もいることだし、お互い腹を割って話し合おうじゃないですか。先日は僕の方ばかり質問してしまいましたが、比良坂先生の方から聞きたいことはありますか？」

「え、私から、ですか？」

「ええ、捜査状況についてなど、気になってるんじゃないですか？」

「それは、まあ」

「お話ししますよ。僕と貴方《あなた》の仲ですからね」

二人の仲はともかくとしても、事件について教えてもらえるのはありがたい。今後の展開によっては遺言執行にも関わってくることになりかねない。

そこで小夜子が思いつくままに質問すると、成海はすらすらと答えてくれた。

秋良の死因は腹に刺さった短刀を自分で抜いたことによる失血死。他に目立った外傷はなく、犯行現場には争った形跡も見当たらない。つまり被害者は全く無防備なところをいきなり刺されたのだろうと思われる。目撃者なし。遺留品は凶器のみだが、指紋は検出されなかった。被害者のものである携帯電話が近くの庭池に投げ込まれていたので、それに何らかの記録が残っているものと考えて、現在復旧作業中。

警察としては身内による遺産目当ての犯行である可能性を捨てきれないが、外部犯による怨恨殺人の線も考えて、御子神秋良に対して恨みを持っている者がいないか調査中。

「御子神秋良は女性関係が派手だったようで、あちこちでもめ事を起こしていたようですね。ただ、今のところ殺害に至るような決定的なものは見当たりません」

「そうですか……」

「そうそう、凶器についてなんですが、面白いことが分かりました。夏彦さんによれば、あれは秋だそうです」

「秋？」

「はい。比良坂先生もお聞きになっているでしょう？　かつて御子神季一郎氏が自ら打った春夏秋冬の短刀のうちの一振り、『秋』。他でもないその短刀で被害者は殺されていたんですよ、これが」

――コレクションの中には春夏秋冬の短刀が確かにあったはずなんです！

夏彦の声が小夜子の脳裏に蘇《よみがえ》る。

「え、だけどあの短刀はずっと見つからなくて、行方知れずで……」

小夜子は混乱しつつも必死で考えをまとめようとした。

「……つまり凶器として使用するために、事前に犯人が持ち出したってことでしょうか。あの、それならやっぱりこの家の人間の犯行ってことになりませんか？　だってあれを持ち出せるとしたら、内部の人間しかいないでしょう？」

「そうですね。最近物盗《ものと》りに入られたこともないようですし、短刀を持ち出したのは間違いなく内部の人間でしょう」

「ですよね、ですから――」

「ただし、持ち出した人間がイコール犯人とは限らないわけですよ。内部の誰かが……例えば御子神秋良本人が持ち出して、誰かに売るかあげるかしたのかもしれません」

「あ、そうか……その可能性はありますよね」

小夜子は己のうかつさに顔から火が出る思いだった。御子神秋良は金に困っていたようだし、それは十分考えられる。

「それ以前に、御子神季一郎本人が家から持ち出して、誰かに与えた可能性だってあるわけです。そのことを家人に伝える前に亡くなったとすれば辻褄《つじつま》は合います。家じゅうの人間に聞き込みをしたんですけど、いつからなくなっていたのかは皆分からないそうですし、あの凶器から犯人を特定するのはなかなか骨が折れるでしょう。それよりも僕が注目したいのは、犯人が凶器にあれを選んだ動機ですよ」

「動機ですか」

「ええそうです。わざわざ御子神季一郎の打った短刀を使って、彼の息子である御子神秋良を殺害したという事実に、何らかの含みを感じてしまうんですよね、僕は。つまり、恨みを買っていたのは秋良ではなく季一郎の方ではないかと。たとえばほら、篠宮幸久の遺族にしても、彼に対して思うところはあったでしょうし。その季一郎が事業家として成功したうえ大往生を遂げたと聞いて、今さらながらにかつての恨みが蘇ってきたのかもしれません」

「篠宮幸久って、季一郎氏が昔トラブルを起こした相手ですよね、確か」

「トラブルを起こしたと言うか……要は被害者ですね、殺人事件の」

「殺人事件？」

小夜子が思わず聞き返すと、成海は「おや、まさかご存じないんですか？」と呆《あき》れたような声を上げた。

「六十年前、篠宮幸久殺害事件において犯人として逮捕起訴されたのが若き日の御子神季一郎氏、そしてその弁護を担当したのが他でもない貴方《あなた》のおばあ様、比良坂貴夜子先生じゃありませんか！」

「祖母が担当した季一郎氏の事件って、殺人事件だったんですか……」

――うん。貴夜子さんが前に季一郎さんの事件を担当したことがあるから、小夜子ちゃんを指名したのもそれでじゃないかな。

坂上ののほほんとした笑顔が小夜子の脳裏に蘇る。あの顔で言った「季一郎さんの事件」がまさかそんな物騒な代物だとは思わなかった。

篠宮幸久は殺人事件の被害者で、御子神季一郎はその被疑者。

小夜子としては「聞いてないよ！」と絶叫したい気分だったが、客観的に見れば訊《き》かなかった小夜子が悪い。

仮に小夜子が「祖母が担当した御子神季一郎氏の事件ってどんなものなんですか？」と一言尋ねていたら、坂上所長は大喜びで篠宮幸久殺人事件のあらましと、敬愛する師匠の活躍ぶりについて小一時間熱弁をふるったことだろう。

それなのに「祖母の武勇伝を聞くと落ち込むから」という理由で、あえて耳に入れないようにしてきたのは他ならぬ小夜子自身である。

「それで……」

「もちろん無罪放免になりましたよ。比良坂貴夜子弁護士の華麗なる弁護活動で。あえて言うまでもないことですが」

「そりゃあ、そうですよね」

祖母の勝率は百パーセントだ。わざわざ確認するまでもない。

その後成海が語ったところによれば、被害者の生家である篠宮家は結構な名門であり、晴絵の生家である高柳家とも昔から交流があったという。ゆえに高柳家で書生のようなまねをしていた季一郎とも自然と顔見知りになったらしい。

「篠宮幸久は『美しいものは男も女も関係ないよ』と公言するバイセクシャルで、色んな相手と浮名を流していたようですね。事件の数か月前から季一郎に目をつけて、熱心に言い寄る姿がたびたび目撃されています。季一郎は高柳家のお嬢様である晴絵に憧《あこが》れていたので相手にしなかったようですが、篠宮幸久の方はなかなか諦《あきら》めきれなかったようで……。だからまあ、いわゆるストーカーを返り討ちにした形の殺人ではないかと考えられたわけですよ」

また犯行直前にも一緒にいたとの目撃情報があったことや、凶器から彼の指紋が発見されたことなどからも季一郎が有力視されたが、貴夜子の弁護により証拠不十分で無罪となったというのである。

「そうだったんですか……」

そんな過去があったのに、よく事業家として成功できたなと感心するが、何分有名になる前の話なので、うまい具合にもみ消すことができたのだろう。

「まあ裁判では立証できなかったわけですけど、実のところ、当時の関係者で御子神季一郎氏の無実を信じている人間なんて、ほとんどいなかったと思いますよ。だから僕としては、篠宮幸久のために復讐《ふくしゅう》を試みる人間がいてもおかしくないと思うわけですよ。それで当時の関係者の状況についてこちらの資料を確認してみたんですけど、何分昔のことなので、警察にもあまり記録が残ってなくてね」

成海は悲し気に首を振ってみせたあと、「比良坂家の方はどうでしょう。おばあ様の捜査記録とかそういったものはなにか残っていませんか？」と言葉を続けた。

「記録、ああ、それならあるはずです。祖母は担当した事件の資料を全部取っておくたちでしたから」

「それは素晴らしい！　それじゃ当時の記録についてちょっと調べていただけませんか？」

「分かりました、家に帰って探してみます」

小夜子は深く考えることなく即答した。

　自宅に帰った小夜子は、さっそく階段から地下室へ降りた。比良坂邸の地下室は書庫になっており、貴夜子の担当した事件の資料と個人的な覚書が全て納められている。

（ええと、刑事事件で六十年前だから、多分この辺かな）

当たりを付けて探し始めたはいいものの、それらしきファイルはなかなか見つからなかった。祖母は整理整頓《せいとん》が苦手なタイプ、と言おうか自分にしか分からない整理整頓をするタイプで、生前からデスク周りは散らかり放題で有名だった。

　それでも必要な書類は言えばたちどころに出て来るので、祖母本人の頭には、どこに何があるのか全て入っていたのだろう。しかし祖母はすでにこの世におらず、あの優秀な頭脳は失われて久しい。

　小夜子は小一時間かけてようやくそれらしきファイルを発掘したが、今度はその中から周辺人物の反応を見つけ出す厄介な作業が待ち受けていた。

　途中休憩をはさみつつ、祖母の悪筆に悪戦苦闘することしばし。

　幸久の遺族や周辺人物に関する情報をこつこつと拾い読みした結果得られたのは

論だった。

「篠宮幸久の遺族が未《いま》だに季一郎を恨んでいるのはありえない」という実に残念な結

いやそもそも、当時からして恨んでいたのか怪しいものだ。

集められた証言によれば、被害者の親兄弟は放蕩《ほうとう》者の幸久を持て余しており、当時からしてかたき討ちをする雰囲気ではなかったらしい。走り書きのようなメモで「気位が高く苛烈《かれつ》な性格」「名門であることを鼻にかけて季一郎を下賤《げせん》な成り上がりと見下していた」とあるのは、篠宮幸久の人となりだろうか。

篠宮幸久は内心見下していた季一郎に拒まれたことが許せなくて、余計に執着していたのかもしれない。

ともあれ、これで幸久の遺族が御子神秋良殺人事件の犯人である可能性はついえた。

(成海さん、がっかりするだろうな)

腰を伸ばしつつ時計を見やれば、もう十一時を過ぎている。

(緊急というほどのことでもないし、成海さんに連絡するのは明日《あした》の九時以降にしよう、そうしよう)

気が重い案件は後回しに限る。そしてその日はそのまま就寝した。

○　四十九日まであと十一日

　翌日、事務所に出勤した小夜子は、九時を過ぎてから談話室で成海に電話をかけた。

　小夜子が「はっきりとは言えませんが、たぶん違うんじゃないかと思います」と遠慮がちに伝えたところ、成海は「ああ、やっぱりそうでしたか」と実にあっさり引き下がった。若干気まずく思っていた身としては、拍子抜けした気分である。

「やっぱり？」

「ええ、考えてみれば、季一郎氏本人が大往生するまで放っておいて、今さら子供たちに復讐するってのも変な話ですよね」

「そういえば、そうですね」

「しかし万が一ということはありますからね！　ご確認いただいて大変助かりました。ありがとうございます。比良坂先生」

「いえ、お役に立てて何よりです」

「ところで先生のご自宅には、おばあ様の担当した事件の資料が全て保管されているんですか？」

「え、あ、はい。一応全て保管されていると思いますが」

「そうですか、それは素晴らしい。今度ぜひ拝見したいものですね」

「いえ、そういうのはちょっと」

家に他人を招くというのは、小夜子のような人間にとってはハードルが高い。

「ああ大丈夫です。いくら比良坂先生が魅力的な女性だからって、おかしな真似をするつもりはありませんよ。僕はこれでも一応警察官ですからね」

「いえ別に、そういうことを心配しているわけではなくてですね」

押し問答になりかけたところで、横から聞きなれた声が響いた。

「比良坂、前に言ってた書類はどこやった」

見れば葛城がいかにも不機嫌そうにこちらをねめつけている。

小夜子は「書類？」と内心首を傾げつつも、「あの、申し訳ありません、今ちょっと仕事が立て込んでおりまして！　まことに申し訳ありませんが、そろそろ失礼させていただきます」と謝罪を繰り返しつつ成海との通話を切り上げた。

そして葛城の方に向き直ると、「ええと、書類ってなんでしたっけ」と問いかけた。

「アホ、ただの方便だ。今の電話、成海だろ」

どうやら助けてくれたらしい。

「はい。家に資料を見に行きたいと言われて、ちょっと困ってたんですよ。助かりました。ありがとうございます」

「資料？」

「祖母の担当した事件の資料です。あ、言ってませんでしたっけ。うちの地下書庫に当時の資料が全部残ってるんですよ。それを成海さんに伝えたら――」

「お前……そんな重要なことをあいつにほいほい教えるな！」

思いのほか厳しい叱責《しっせき》に、小夜子は反射的に「すみません！」と謝罪した。

その後葛城が語ったところによれば、成海には調べたい過去の事件があり、警察に入ったのもそれが動機だとのこと。そしてその件に比良坂貴夜子が関わっているというのである。

「そもそも成海がお前の前で篠宮幸久の名前を出したのは、本気でそいつの遺族を疑ってたっていうよりも、その件に絡めて比良坂貴夜子の資料がまだ残ってるかどうかをお前に確かめたかったんじゃないか」

「え、それじゃ、私にあれこれ教えてくれたのは」

「そうやって恩に着せることで、お前を誘導するためだろう。お前みたいなタイプはなんかしてもらうと返さなきゃならないと思い込むだろ」

「それはまあ……そうですね」

つまり自分はいいように操られたということか。あのフレンドリーな態度には、そんな裏があったのか。呆然《ぼうぜん》とする小夜子に対し、葛城は呆《あき》れたようにため息をついた。

「だから言ったろ。碌《ろく》な奴じゃないって」

「はい……」

「とにかく比良坂貴夜子の捜査記録はお前の大事な財産だろうが。ちゃんと大事にしまっとけ。そして活用しろ」

小夜子はただ言葉もなく項垂《うなだ》れるより他になかった。

○　四十九日まであと十日

翌日。御子神邸の大広間で、御子神秋良の通夜がしめやかに執り行われた。事情が事情だけに、弔問客などは呼ばずに、身内だけのつつましいものにしたらしい。小夜子は身内ではないものの、先日に続く鑑定の立ち会いで御子神邸に来ていたので、成り行きで出席することになった。

立ち会いを済ませてから会場に入ると、秋良を除いた御子神家の一族がすでに勢ぞろいしていた。

すすり泣く晴絵に、悄然《しょうぜん》とした様子の夏彦。いつもと変わらずに毅然《きぜん》とした様子の尊子に、どことなく落ち着かない様子の夏斗。無表情の真冬。そして仮面男の姿も見える。

彼も失踪先《しっそう》ではビル火災に巻き込まれ、久しぶりに帰ってきたら殺人事件に巻き込まれるのだから、実に災難な話である。

祭壇には真っ白な菊の花が飾られ、中央には晴絵の選んだ秋良の写真が据えられている。そして棺《ひつぎ》の中には御子神秋良が眠るように横たわっていた。

小夜子が発見したとき見開かれていた目は、今は静かに閉じられており、あの凄惨《せいさん》な死にざまが嘘のような穏やかな死に顔になっている。

僧侶《そうりょ》による読経《どきょう》に法話。そして焼香。全ては滞りなく行われた。

僧侶が退出すると御子神家の面々もそれぞれに部屋に帰っていく。小夜子も退出しようとして、ふいに真冬と目が合った。白い膚《はだ》に喪服が映えて、いつも以上に人形めいて感じられる。

「こんにちは、弁護士さん。人が死ぬって本当だったでしょう？」

真冬は常と変わらぬ淡々とした口調で言った。

「……そうですね」

「だからこの屋敷にはもう来ない方がいいと思う。まだ続くかもしれないし」

まだ続く。

不吉な言葉を耳にして、小夜子の背筋に戦慄《せんりつ》が走る。

「え、続くって、殺人が？　……あの、冗談ですよね？」

真冬は無言のまま答えない。

小夜子は「まだ続くって、それも蜜柑さんが言ったことなんですか？」と問いただしたい気持ちでいっぱいだったが、すんでのところで踏みとどまった。

そもそも答えを知ったところで、今さらあとに引ける状況ではない。

「……来たくないのは山々ですけど、仕事ですので致し方ありません」

最初から引き受けなければ良かったと心から思うが、後悔してももう遅い。

ただでさえ事務所のお荷物なのに、坂上所長に「猫が怖いこと言ってるので辞めたいです」と申し出る勇気を、小夜子は持ち合わせていなかった。

「真冬さんこそ、この家を出ようとは思わないんですか？　例えばお母様のご実家に行くわけにはいかないんでしょうか。せめて犯人が捕まるまでの間だけでも」

「行けない。だって蜜柑を置いていけないもの」

「じゃあ連れて行くとか」

「猫は環境が変わるのが凄《すご》くストレスなの。もう十六歳だし、最近特に弱ってるから、引っ越したら死んじゃうかもしれない」

「ですが……」

「それに、ここが私の家だから」

真冬はそう言い残すと、背を向けてその場を立ち去った。

小夜子にとってはおぞましい殺人事件の現場だが、真冬にとっては慣れ親しんだ実家なのだろう。それにこの家には祖母や村上もいる。それから一応父親も。

（父親か……でもまだ全然話せてないみたいなんだよね）

親子鑑定の結果は未《いま》だ返って来ていない。予定ではまだ一週間ばかりかかるので、それまで和解はお預けだ。真冬が実の娘だと分かったら、さすがの冬也も保護者として彼女を守ってくれるだろうか。

そんなことを考えながら玄関近くまで行ったところで、ふと携帯電話が見当たらないことに気がついた。どうやら会場で時間を見るために取り出したあと、そのまま置き忘れてしまったらしい。

刺殺死体の置いてある部屋に一人で戻るのは若干抵抗があるものの、まさか誰かについて来てもらうわけにもいくまい。小夜子は腐っても弁護士だ。

（葛城さんから「弁護士の権威を損なうようなみっともない真似するんじゃねぇぞ」って何回も注意されてるしな……）

足早に会場になった大広間に戻ると、棺の前に男性らしき人影が見える。すわ死者が蘇《よみがえ》ったかと一瞬ぞくりとさせられたが、よく見れば御子神夏彦である。傍らには徳《とっ》利《く》と御《お》猪《ちょ》口《こ》も見える。どうやら亡き弟をしのんで、一人で飲んでいたらしい。

「すみません、ちょっと忘れ物をしまして」

小夜子は小声で弁解しつつ、自分の席だった場所に行って携帯電話を拾い上げた。そして「どうもお邪魔しました」と頭を下げて、そそくさと立ち去ろうとしたのだが、なぜか夏彦に呼び止められた。

「比良坂先生はこれから何かご予定は？」

「いえ、特には」

「それじゃ先生もご一緒にいかがですか？」

そう言って、軽く徳利を持ち上げてみせる。

「え？　いえ、私はちょっと、その、車で来てますし」

「帰りのタクシー代はお出ししますよ。もちろん次にいらっしゃる分も」

「いやでも、そういうのは」

「私のことを警戒しているんですか？」

「はい？」

「言っておきますが、秋良を殺したのは私じゃありませんよ」

「ええ、もちろん分かってますよ。当たり前じゃないですか。そんなこと考えたこともありませんよ！」

「そうですか。なら一緒に飲みましょう。私を疑っていないのなら飲めるでしょう？」

すでに出来上がっているのか、夏彦とも思えぬ強引さである。「最初に訊《き》かれたときに予定があると言えばよかった！」と後悔したがもう遅い。

そして小夜子は「偉そうな人に従う」習性に流されるように、夏彦に付き合う羽目になった。

それからしばらくの間、二人はただ黙々と杯を重ねた。きっと良い酒なのだろうが、味は全く分からない。刺殺死体を前にして、男と女が無言で酒を酌み交わす。この状況は何なのか。

目の前にいる夏彦は先ほどから自分の世界に入ったきりだが、小夜子がこの場に存在する意味はあるのだろうか。

小夜子が酒を舐《な》めつつ「もう飲めないので帰りますね」と告げるタイミングを計っていると、ふいに夏彦がつぶやいた。

「これ、あいつが好きだった酒なんですよ」

「秋良さんですか？」

「はい」

「秋良さんて日本酒がお好きだったんですね。なんとなく洋酒のイメージでしたけど」

「ええ、若いころは洋酒ばかりだったけど、歳を取ってから日本酒の味がわかるようになったんだ、なんて言ってましたね」

「ああ、そういうことってありますよね」

そうか、秋良の好きだった酒なのか、などと思いながら杯を重ねていると、夏彦が再び口を開いた。

「秋良はなんで殺されたんでしょうね」

「さあ、私からは何とも」

「厄介な弟だと思っていました。だけどあいつの存在に救われていたところもあったんです」

その後はしばらくの間、夏彦の口から御子神秋良の思い出話を拝聴した。

彼の語る御子神秋良は、晴絵の語る大天使のような好青年とはまた違っていたが、粗暴で身勝手でこの上なく厄介でありながら、どこか憎めない愛嬌《あいきょう》のある成人男性だった。

おそらくこちらの方が本来の秋良に近いのだろう。夏彦いわく「本音を言えば、好き勝手生きているあいつが羨《うらや》ましかったんです」とのこと。

「私はね、本当は父のあとなんか継ぎたくなかったんですよ。だけど私は長男だし、秋良はあの通り自由人だし、冬也は子供の頃の事故以来、刃物が苦手になってしまったし、なんか当然のように私が継ぐ流れになってしまったんですよね」

「そうなんですか」

彼の言う「子供の頃の事故」とは、家族の思い出クイズに出てきた「親父の短刀をいたずらして怪我をした」一件のことだろう。仮面男は「すごく血が出て七針縫った」と言っていたが、精神的にも結構な傷を負っていたらしい。

「――だけど私は本来、人の上に立つような人間じゃないんですよ。使われる立場がちょうどいいんです。役員の人たちはみんな父の子飼いですから、文句も言わずに私を気遣ってくれますけど、そういうのが逆に辛《つら》いというか」

「ああ、分かりますよ」

「分かっていただけますか。私が失敗しても責めないし、優しく私をフォローしながら『貴方《あなた》はあの季一郎さんの息子なんだから、もっと自信もってくださいよ』なんて励ましてくれるんですよ。ああいうの本当にきついんです」

「分かります！　分かりますよ！」

小夜子は心からそう言った。弁護士登録を済ませて以来、依頼者の気持ちにここまで寄り添えたのはこれが初めてかもしれない。

「会社の株だって本当は受け継ぎたくないんですよ。大株主になったら、みんなますます私に気を遣うのは目に見えていますから。なんかもう申し訳なくて、いたたまれなくて、いっそ全部投げ出したいです」

「相続放棄ですか。それもいいかもしれませんね」

小夜子は軽い気持ちで調子を合わせた。

「あれって四十九日を過ぎたあとでもできるんですよね？」

「三か月以内ならできますよ。ただ遺産分割協議をやると相続を認めたことになってしまうので、それ以降はもう無理なんですけど」

「じゃあ遺産分割協議のときにでも放棄宣言すればいいですかね。ついでに会社も辞めてしまおうかな。もう本当に合わないので」

「相続放棄して会社も辞めたら、その後はどうなさるんですか？」

「そうですねぇ。今まで役員待遇で働いてきたおかげで貯金はそこそこありますから、どこか海の近くに移住して、釣りでもしながらのんびり暮らしたいですね」

「海の近く、いいですね。いや、私も常々思ってるんですよ。弁護士バッジを返上して、どこかの田舎でスローライフを送りたいなと。ただ私の場合は、夏彦さんと違って先立つものがないんですよね」

「そうなんですか？　比良坂貴夜子先生の孫なのに？」

「そうなんですよ。財産と言えば旧耐震のぼろ家と車と……あとは祖母の事件記録くらいですね。あれ、誰かが買ってくれないかなぁ」

葛城に言わせればあれも立派な財産なので活用しろとのことだったが、自分のようなポンコツが持っていたところで所詮《しょせん》は宝の持ち腐れ。それよりも他の弁護士が役立ててくれる方がよほど社会のためだろう。誰か優秀な弁護士――葛城辺りが買ってくれないだろうか。一億くらいで。

その後は二人で酒を酌み交わしつつ、スローライフについて盛り上がった。海の傍の一軒家がいい。犬と猫を飼って、毎日釣りをして、小さな畑も作って――

所詮実現するわけのない夢物語だからこそ、それは一層薔薇《ばら》色に輝いているように思われた。

○　四十九日まであと九日

翌日。九時近くになってから目を覚まして、小夜子は大きく伸びをした。なにやら頭が重いのは、間違いなく二日酔いの症状だろう。

（昨日は結構飲んだもんなぁ）

今日が休みで幸いだった。

熱いシャワーを浴びてさっぱりしてから、部屋着に着替え、祖母に教えられた二日酔いの鉄板メニュー、味噌《みそ》汁と納豆ご飯の朝食をとっていると、ふいに玄関チャイムが鳴り響いた。

日ごろこの家に来るのは宅配便か近所の回覧板くらいである。「最近何か注文したっけ」と首を傾げつつ玄関扉を開いてみると、ぱりっとしたスーツ姿の若い女性が立っていた。

「お早うございます。比良坂先生」

女性はにこりともしないで言った。

「……お早うございます」

挨拶《あいさつ》を返してから、相手の女性に見覚えがあることに気が付いた。成海ばかりが喋《しゃべ》っていたので印象が薄いが、確か彼女も刑事である。名前は確か――

「刑事の桐谷です」

女性は冷たい表情のままそう名乗ると、「お聞きしたいことがあるのですが、署までご同行願えませんでしょうか」と言葉を続けた。

「お聞きしたいこと？」

「はい。ありていに言えば、昨夜の先生の行動について」

「えっと、昨日は夜の十時くらいに御子神邸を出た後、タクシーで家に帰って寝ましたけど、それが何か？」

「御子神邸を出る前は、何をなさっていたんですか？」

「夏彦さんに誘われて、一緒にお酒を飲んでいました」

「御子神秋良さんの祭壇前で？」

「はい。そうですけど……あの、それがどうかしたんですか？」

「実は昨晩、御子神夏彦さんが亡くなりまして」

「……はい？」

「祭壇前で殺されたんです。現在判明している限り、最後に会ったのは比良坂先生、貴方です」

第五章　第二の殺人

——祭壇前で殺されたんです。現在判明している限り、最後に会ったのは比良坂先生、貴方です。

桐谷環はいきなり爆弾を投下したのち、ショックで呆然《ぼうぜん》としている小夜子を「そういうわけですから、おいでください」と有無を言わさぬ調子で車の中へと押し込んだ。そして流れるような手際で最寄りの警察署まで連行した。

それから小一時間ばかり、小夜子は桐谷刑事から取り調べを受ける羽目になった。

表向きの用件は「任意で事情を聞きたいだけ」とのことだったが、言葉の端々に「秋良のときは第一発見者で、夏彦のときは最後に会った人物。これは偶然にしては出来過ぎているのではないか？」と匂わせてくるものだから、小夜子の精神はじりじりと消耗させられていき、あと少しで「全て私がやったんです！」と自分から白状してしまうところだった。

実際のところ、成海が「やあ桐谷くん、たった今、比良坂先生を乗せたっていうタクシーの運転手さんから証言が取れたよ！」と言って取調室を訪れなければ、小夜子は桐谷に誘導されるままに秋良と夏彦を殺害した動機から詳細な手口、凶器の入手方法まで喋りまくっていたことだろう。そして葛城からは特大の雷を落とされていたことだろう。

「――すみませんね。桐谷君は根っからの弁護士嫌いなもんで、ちょっと当たりがきついんですよ」

小夜子を車で送りながら、成海はほがらかな口調で弁解した。

「特に比良坂先生のおばあ様に対しては反感が強いみたいでね。彼女の父親も一課の刑事で、現役時代にそれはもう色々とあったようですから」

「……仕事に私情を持ち込むのはどうかと思います」

小夜子は憮然《ぶぜん》とした表情のまま言った。

小夜子の祖母、比良坂貴夜子は被告人をことごとく無罪にしてきた怪物なので、警察官に恨まれるのは理解できる。しかしそれを孫の小夜子にぶつけるのはお門違いというものだ。

小夜子自身は警察や検察に感謝される覚えこそあれ、恨まれるようなファインプレーはただの一度も経験がないというのに。

「いや本当にすみませんね。お詫《わ》びにとっておきの情報をお教えしますから」

「いえ、そういうのはもう」

「まあまあそうおっしゃらずに、ほんのお詫びの印ですから！」

その後成海から教えてもらったところによれば、遺体を発見したのは使用人の女性。場所は秋良の祭壇前。短刀が刺さった状態でうつ伏せに倒れているところを、今朝になって発見されたらしい。致命傷は短刀による背中からの一突き。凶器は御子神季一郎が打った春夏秋冬の一振り、「夏」。

つまりは秋良を殺害したのと同一犯である可能性が高いとのこと。ちなみに死亡推定時刻は夜の十一時以降なので、小夜子は一応容疑から外れることになる。

「ちなみに今回も現場に争ったあとはなく、目撃者も見つかっていません。被害者は泥酔しているところを後ろから刺されて絶命したものと思われます」

「そうですか……」

昨晩スローライフについて熱く語り合った相手が、翌朝冷たい死体になって発見されたというのは、さすがに胸にくるものがある。

「ところであの遺言通りなら、御子神冬也が全てを受け継ぐわけですね」

「そういうことになりますね」

「一応確認しますが、今回の件で純粋に得をしたのは誰ですか？」

「それは……御子神冬也です」

「やっぱり、そうですよね」

成海はしたり顔に頷《うなず》いた。

「正直言って、これで外部犯の線は薄くなったと思っています。夏彦と秋良の二人が同一人物から恨まれる可能性が絶対ないとはいえませんけど、低いですよね。兄弟とはいえ住んでいる場所も違いますすし、一緒に行動することなんてほとんどなかったでしょうから。それこそ御子神家の一族を恨んでいる人間でもいない限り、遺産絡みの線が一番高いと思われます」

「はい……」

「場所も屋内ですからね。まあ出入りが不可能ということはありませんが、誰にも見られずに侵入したうえで、被害者を見つけ出して殺害し、なおかつ脱出するのはなかなか骨が折れるでしょう。もちろん御子神家の方々の他にも使用人がいるわけですが、動機があるのはやっぱりねぇ」

自宅まで送ってもらった小夜子は、風呂《ふろ》に入って二度寝した。今日が休みであることが、心の底からありがたい。午前中のあれこれですっかり気力を使い果たして、もはや何も考えたくなかった。

夕刻になって再び目覚め、一番にやったことはウェブ小説の確認である。しかしあいにく今日も更新を休んでいるようだった。ついこの間まで連日更新を続けていたというのに、今になって——何より気晴らしが必要な状況になってぴたりと止まってしまうとは、実にやりきれない思いである。

そのままスマホを投げ出そうとして、ふと手が止まる。

（まさかエタったりしないよね……？）

「エタる」とは未完のまま更新が止まってしまうことを指す。この手のウェブ小説においてはしばしばみられる現象である。

素人が趣味で書いている以上、仕方のないことだともいえるが、どうも小夜子が好きになった作品は「エタる」確率が異様に高いように思われた。

日本代表は小夜子が応援したときに限って敗北するし、気に入ったコンビニスイーツは次に買いに行ったときには早くも販売終了している。そして心を通わせた依頼者は翌日誰かに殺されてしまった。もしや自分はそういう星の下に生まれついているのではあるまいか。

（そうだ、たぶん一生そうなんだ……）

自分なんて、生まれてこなければ良かったのかもしれない——などとしばらくの間自己憐憫《れんびん》に浸っていたが、やがて空腹を覚えたので、定食屋に夕食を摂《と》りに行った。

どんな状況下でも食欲がなくならないのは、小夜子の数少ない長所である。

そしてサバ味噌《みそ》定食を待っている間にウェブ小説のページを開き、熱のこもった感想文をしたためて、「続きを楽しみにしています」というメッセージと共に作者に対して送りつけた。

○　四十九日まであと七日

依頼していた不動産鑑定士からの鑑定評価書を受けとったことで、ようやく財産目録が完成を見た。改めて内容を見直すと、現金に預貯金、株式に骨董《こっとう》、そして不動産に至るまで、その壮大さに圧倒される思いである。

確かにこれだけの財産ならば、誰かを殺人鬼に変えてしまっても不思議はないのかもしれない。

小夜子はそんなことを考えながら、四人分用意した目録を携えて御子神邸へと赴いた。四人——晴絵と冬也、そして夏彦の承継人である尊子と夏斗である。前回同様に報道関係者をやり過ごして邸内に入ると、漂う重苦しい空気をひしひしと感じた。

村上は前回よりも疲労の色が濃いようで、聞けば使用人の半数が辞めたいと言い出しているらしい。殺人犯がうろついている屋敷なんて誰だって働きたくないだろう。むしろ残る半分はなぜ辞めないのかと問い詰めたいくらいである。

「……早く犯人が捕まってくれるといいですね」

小夜子が当たり障りのない言葉をかけると、村上は「ええ、本当に」と頷いた。

「本当に、一刻も早く捕まって欲しいものです。と言いますか、犯人は分かっているのですから、さっさと捕まえてしまえばいいんですよ。警察は一体何をぐずぐずしているのかと――」

そう言いかけて、村上はぎょっとしたように口をつぐんだ。視線を辿《たど》ると、少し離れたところに仮面男が地縛霊のようにたたずんでいる。

「いえ、今のは別に、その」

村上は取り繕うようにもごもごと何かを言いかけて、結局そのまま口をつぐんだ。

その場に奇妙な沈黙が降りる。

「あの、冬也さん、これ御子神家の財産目録です！」

気まずい空気に耐えきれず、小夜子が引きつった笑みを浮かべて口を開いた。

「やっと完成したのでお渡ししますね！」

小夜子が持参した封筒を差し出すと、男は無言で受け取った。そしてそのまままくるりと踵《きびす》を返し、客室の方へと戻って行った。

その後ろ姿が消えてから、小夜子と村上はそろって深々と息をついた。

「……そういえば冬也さん、何か村上さんにご用事だったんでしょうか」

「いえ、別にそういうわけではないと思いますよ」

村上によると、仮面男は最近なにやら落ち着かない様子で、特にこれといった目的もないまま、屋敷内をただ黙々と歩き回っているらしい。その辺りも使用人が怯《おび》える要因になっているとのことだった。

確かに、殺人現場となった屋敷の中を不気味な仮面男（たぶん連続殺人犯）がランダムに出没する状況なんて、考えただけでも心臓に悪い。

一方、他の相続人たちはほとんど自室にこもりきりだとのこと。尊子も夏斗も必要最低限しか出てこないし、晴絵に至っては部屋で寝込んでいるらしい。

小夜子が「晴絵さんと尊子さんと夏斗さんにも目録を直接お渡ししたいのですが、お部屋までお持ちした方がいいでしょうか」と問うと、「その方が皆さん喜ばれると思います」とのことだったので、それぞれの部屋まで直接赴くことにした。

最初に訪れた相手は尊子である。

「御子神家の財産目録です。完成したのでお持ちしました」

小夜子が目録を手渡すと、尊子は神妙な顔つきで受け取った。事件を知った直後の様子は知らないが、今はそれなりに落ち着いているようである。

「遺言によって全財産を相続する権利は冬也さんのものになりますが、亡くなった夏彦さんには遺留分を請求する権利がありますので、それを奥様である尊子さんとご子息の夏斗さんが半分ずつ継承することになります。遺産分割協議の時までに、請求なさるかどうかを決めておいてください」

小夜子の説明に対し、尊子は「分かりました。遺留分は請求するつもりです」と言い切った。

「それでは一応連絡先をうかがえますか？　後日、遺産分割協議の件で連絡を差し上げることになりますから」

小夜子の質問は、明日《あす》行われる夏彦の通夜が終わり次第、尊子と夏斗が屋敷から出て行くことを前提としたものだった。元からこの家に居住している晴絵はともかく、尊子と夏斗は都心に自宅があるそうだし、なにもこんな屋敷に滞在を続ける理由はないだろうとばかり思っていたのである。

しかし尊子の返答は実に意外なものだった。

「それは構いませんけど、私も夏斗も四十九日が明けるまではこの家にいるつもりですから、この家に連絡していただいても構いませんわよ」

「え？　四十九日までここにずっといらっしゃるんですか？」

「なにか問題でも？」

「いえ、問題というか……あんなことがあった場所なので、お辛《つら》いんじゃないかと思っただけです」

さすがに「貴方《あなた》のご主人を殺した犯人がうろついている家」とストレートに言うのははばかられたので、小夜子は若干言葉を濁した。

「それは辛いですけれど、四十九日までに何があるか分かりませんから」

「え」

思わず息をのむ小夜子の前で、尊子は噛《か》んで含めるように言葉を続けた。

「だってほら、冬也さんがあと七日のうちに相続資格を失うことだってあるわけでしょう？　そうしたら順番から言って、夏斗が全て受け継ぐことになるわけですから。そのときに夏斗まで資格を失っていたら困りますからね」

「あ、そうですよね。確かにその可能性はありますよね」

一瞬、冬也が七日以内に死ぬことを示唆しているのかとぎょっとしたが、彼女が期待しているのは冬也に在宅できない事情が生じて、相続資格を失うことの方らしい。

確かにその可能性はあるだろう。急病で病院に搬送されるとか、出先で何らかのトラブルに巻き込まれるとか、あるいは――あるいは警察に逮捕されるとか。

実に当然の話だが、警察は御子神冬也を疑っている。動機があまりにもあからさまだし、殺害の機会にも恵まれている。裁判所の許可さえ下りれば、すぐにも逮捕に踏み切るつもりに違いない。

仮にそうなった場合、冬也は日没後も留置場で過ごす羽目になり、遺言にある「日没から夜明けまでの間は必ず屋敷内に滞在すること」という条件を満たせなくなる。その結果として御子神家の財産は尊子の息子である御子神夏斗のものになる。

むろんそれまでの間、連続殺人犯と同居するのはリスクだが、冬也の犯行動機が御子神家の財産にあるとしたら、すでに目的を遂げているわけだし、新たな殺人を犯す可能性は低いだろう。あの莫大《ばくだい》な財産を手に入れることを思えば、これは十分に割に合う賭《か》けだ。そう、それ自体は理解できる。

とはいえ夫が殺害された状況下で、リスクとリターンを冷静に比較して息子と共に同居続行に踏み切るあたり、実に大した女傑である。

（もしかすると尊子さんって、夏彦さんのことをそれほど好きじゃなかったのかな）

ふと、そんなことを考える。

男女の機微はよく分からないが、尊子が夫のことをさほど尊重していなかったことは、まず間違いのない事実だろう。なんといっても尊子には夏彦が春夏秋冬の短刀を探そうと主張したとき、強硬に反対した挙句、そのまま押し切ってしまったという「前科」がある。

いやもちろん、尊子が目録の完成をせかすこと自体は一応理解できなくもない。あの時点では夏彦が全てを受け継ぐと思われていたわけだし、自分の夫が手に入れる財産はいったいどれほど巨額なのか、早く知りたいのも道理だろう。

とはいえ家探しで遅れる時間などたかが知れているわけだし、「父の思い出の品」に対する御子神夏彦の熱い思いを、もう少し汲《く》んでやってもよかったのではないか。

——そんなつまらないことでお手間を取らせては、比良坂先生がお気の毒ですわ。

——ほら、主人もこう申しておりますし、ね？　比良坂先生、つまらないことでお騒がせして申し訳ありませんでした。

尊子の隣で悄然《しょうぜん》と項垂《うなだ》れていた夏彦の姿を思い出す。

尊子にとっては夏彦が財産を受け継ぐことこそが重要であって、夏彦自身が何を望んでいるかなんて、どうでもいいことだったのだろう。

仮に生前の夏彦がスローライフの夢を尊子に打ち明けたとしても、「まあ貴方ったら、そんなつまらないことを言わないでくださいな」とあっさり却下されて終わりだったに違いない。

小夜子はそんなことをつらつら考えながら、尊子の隣に用意された夏斗の部屋を訪ねた。小夜子が先ほどと同様の説明を繰り返して財産目録を手渡すと、夏斗もまた神妙な顔つきで受け取った。彼は十九歳とのことなので、請求するかどうかを自分で判断することになる。

「それでは、私はこれで失礼します」

そう言って立ち去りかけた小夜子を、夏斗が後ろから呼び止めた。

「あのさ、弁護士さん」

「なんでしょう」

「あのさ、俺、見たんだけど」

「何をですか?」

「だから、見間違いかもしれないけど……」

何か言いかけて、口ごもる。

小夜子はしばらく続きを待ったが、結局夏斗が再び口を開くことはなかった。小夜子は「それじゃ、失礼します」と頭を下げて部屋を出た。

残る相続人は御子神晴絵だ。

彼女はショックのあまり体調を崩しているということで、ベッドの上に身を起こした姿で財産目録を受け取った。そして早々に部屋を出ようとする小夜子を呼び留め、どこか思いつめた様子で問いかけた。

「――ねぇ比良坂先生、先生も冬也が犯人だと思ってらっしゃるの？」

「え、いえ、そんなことは」

「そう、ならいいけど。冬也さんは人殺しなんてできる子じゃないのよ。そこは信じてあげてね」

晴絵は必死の眼差《まなざ》しで繰り返し念を押してきた。おそらく誰よりもそう信じたいのは晴絵自身なのだろう。

小夜子は「分かってますよ。きっと外部犯の仕業です」と応じつつも、内心「まあ冬也さんだろうな」と考えていた。だって他にいないだろう。

四人それぞれに目録を手渡し、遺言執行者としての当面の任務は終了だ。

ついでに真冬にも挨拶《あいさつ》して行きたかったが、なんでも猫の調子が悪いらしく、傍に付きっきりだとのこと。「もう十六歳で、最近特に弱っている」とのことなので、そろそろ寿命なのかもしれない。

村上に猫の部屋まで案内しようかと言われたが、あの猫に会ってまた妙な予言でもされたら怖いので、会わずに帰ることにした。

次にこの屋敷を訪れるのは、御子神季一郎の四十九日の法要のときだ。叶《かな》うものならそれまでに殺人犯が逮捕されていることを祈りたい。

（それにしても……）

廊下を歩きながら、小夜子は屋敷内にある大広間の方に意識を向けた。あの場所で——小夜子が夏彦と酒を酌み交わしたあの場所で、彼は刺殺されたという。望みもしないのに偉大なる父親の跡取りに祭り上げられ、さらには欲しくもない遺産のせいで弟に殺害されたのだとしたら、あまりにも気の毒な生涯である。

あの晩、夏彦と交わした会話のひとつひとつが、ありありと胸に蘇《よみがえ》る。

憧《あこが》れのスローライフについて目を輝かせながら語っていた御子神夏彦。

秋良との思い出話を懐かしそうに語っていた御子神夏彦。

跡取りと目されるプレッシャーについて、苦し気に吐き出していた御子神夏彦。

——だけど私は長男だし、秋良はあの通り自由人だし、冬也は子供の頃の事故以来、刃物が苦手になってしまったし、なんか当然のように私が継ぐ流れになってしまったんですよね。

そう、何もかも彼が望んだことではない。それなのに——

玄関に向かって歩いていた小夜子は、そこでふと足を止めた。

冬也は子供の頃の事故以来、刃物が苦手になってしまった。今の今まで忘れていたが、確かに夏彦はそう言っていたはずである。短刀による怪我がきっかけで刃物全般が苦手になった人間が、犯行にあえて短刀を使う、そんなことがあり得るだろうか。

（犯人は、冬也さんじゃない……？）

まさか晴絵の言う通り、本当に冬也以外が犯人なのか？

しかしそれなら犯人は一体誰だろう。他に動機のある人間として、誰が考えられるだろう。秋良と夏彦に恨みがある人間。あるいは秋良と夏彦が死んで得をする人間。

冬也以外に、そんな人間が——

その瞬間、小夜子の背筋にぞくりと冷たいものが走った。

——会社の株だって本当は受け継ぎたくないんですよ。大株主になったら、みんなますます私に気を遣うのは目に見えていますから。なんかもう申し訳なくて、いたたまれなくて、いっそ全部投げ出したいです。

そうだ。少なくとも御子神夏彦に関して言えば、殺害動機のある人間は冬也以外にも存在する。夏彦の妻である御子神尊子その人だ。

夏彦の「いっそ全部投げ出したい」という言葉。小夜子は酒の上での戯言《ざれごと》——実現するわけのない夢物語だと思っていたが、仮に夏彦が本気だったとしたらどうだろう。そしてそれをあの晩、尊子に打ち明けたとしたら。

あの晩。小夜子が帰宅したあと、一人で酒を呷《あお》っていた夏彦のもとを訪れる尊子を想像してみる。なかなか部屋に戻ってこない夏彦に焦《じ》れて、尊子が「貴方《あなた》、いい加減飲みすぎよ」「そろそろ寝たらどうかしら」などと注意するために出向くというのは、十分に考えられるシチュエーションだ。

あるいはなにか個人的な用事があったのかもしれないが、ともあれ尊子は夏彦のもとを訪れて、声をかけた。

対する夏彦は酔いに任せて、今後の計画を妻に喋《しゃべ》ってしまう。遺産相続を放棄して、会社も辞めて、田舎でスローライフを送るという妄想じみた計画を。

尊子はもちろん猛反対するが、酔いで気が大きくなっている夏彦は、いつもと違って譲ろうとしない。そしてやり取りは平行線のまま、夏彦はその場で酔いつぶれてしまう。

一方の尊子は眠る夫を前に、思案にくれたことだろう。

果たして夫は本気なのか。それとも酒の上の戯言なのか。戯言ならば構わないが、常ならぬ強硬な態度からしても、本気のように思われる。

そして夏彦自身が本気で決意したのなら、尊子がどんなに反対したところでそれを阻む術《すべ》はない——それこそ物理的に放棄できない状況に追い込みでもしない限りは。

尊子の脳裏に「夫を殺害する」という考えがひらめいたのはこのときだ。

なんといっても相続放棄は絶対効だ。夏彦が正式に放棄した瞬間、彼は最初から相続人ではなかったことになり、季一郎の莫大《ばくだい》な遺産は夏彦にもその承継人にも、びた一文入ることはない。

一方、夏彦が放棄する前に死亡した場合、夏彦の持っていた権利は彼の承継人、すなわち妻の尊子と息子の夏斗のものになる。遺言による全財産を相続する権利は冬也に移ったとしても、遺留分は請求できる。

尊子はもろもろの状況を勘案し、果たして自分はどう行動すべきなのかを沈思黙考したのだろう。朝になって、夏彦が正式に放棄する手続を始めてしまえば全ては終わる。もはや一刻の猶予もない。

そして尊子は決断し、自分に取りえる最善手を実行した。具体的には泥酔してうつぶせになっている夏彦を、背後から刺殺したのである。

いやむろん、これはただの想像だ。全ての流れがこの通りであるとは思わないし、そもそも動機は尊子と同じく夏彦の承継人である夏斗にだって存在する。

しかし、あの青年にやれるだろうか？

むろん夏斗に人を殺せないというつもりは毛頭ない。あの手の大人しそうな青年が、「ついかっとなって」殺人を犯した例は山ほどある。しかしそれはあくまでその場限りの衝動に任せた凶行である。

冷えた頭で己の利益のために人を殺すことを選択し、実行できる胆力を持ち合わせている人間。殺人を実行したあと、指紋をぬぐって証拠を隠滅し、何食わぬ顔で部屋に戻って朝まで待つことのできる人間。そして朝になって殺害の知らせを受けて、あからさまにショックを受けてみせることができる人間。

小夜子の見たところ、それは夏斗ではなく尊子である。

(でも、それじゃ秋良さんも尊子さんが殺したってことになるよね？　凶器からして同一犯だし)

仮にそうだったとしても、別に違和感は覚えない。尊子としても夫を殺害するよりは、義弟を殺害する方がはるかにハードルは低いだろう。とはいえむろん動機は必要となる。その場合考えられるのは、やはり遺言の改ざんだろうか。

秋良が疑っていた通り、あの遺言は改ざんされたものであり、その犯人は尊子だった。本来の遺言は息子三人で等分するとされていたのに、全てを夫のものにするために、尊子が遺言を書き換えた。秋良はそれに気づいたから殺された——というのはどうだろう。

(確かに偽造が事実だとしたら、一番可能性が高いのは尊子さんだし、あり得るよね)

小夜子は一人頷《うなず》いた。

その凶器に春夏秋冬の短刀を選んだ心理は今一つ理解できないが、まあ包丁よりも長さがある分確実に仕留められそうだし、御子神家にある短刀の中で、唯一財産的価値のないものを選んだ、というだけのことだったのかもしれない。

(何しろあれに価値を認めてたのは、夏彦さんだけだったみたいだしね)

——金なんかには換えられません。父が若いころに自分で打った短刀なんです！

——父の形見だと思って一生大切にするつもりだったのに、一体どこにいったんだか……。

生前の夏彦は短刀について熱く語っていたものである。そこで小夜子は家探しを提案したわけだが、結局実現しなかった。御子神尊子が強硬に反対して、押し通してしまったからである。

当時の小夜子は尊子の言動をさして疑問に思わなかった。ただ夫が相続する財産がどれだけ巨額なのかを一刻も早く知りたくて、財産目録の完成を急がせただけだろうと単純に考えていたからだ。

しかし今になって考えてみれば、あれはいささか強硬すぎやしなかったか。

尊子の態度の裏にはもっと別の動機――「凶器として使うつもりで予《あらかじ》め隠し持っていた短刀を見つけられたら厄介だ」という思いが隠されていたのではあるまいか。

そう、おそらくあの時点で春夏秋冬の短刀は、尊子の部屋のどこかにこっそりと隠されていたに違いない。

――あのさ、俺、見たんだけど。

――だから、見間違いかもしれないけど……。

先ほどの夏斗の言葉、もの言いたげな態度が小夜子の脳裏に蘇《よみがえ》る。

夏斗はもしかすると、尊子の部屋に春夏秋冬の短刀があるのを見たのかもしれない。

何故こんなところにこんなものが？　と訝《いぶか》しく思っていたら、御子神秋良が何者かの手で殺害されて、その凶器に「秋」の短刀が使用されたと聞かされた。

それは夏斗にとって衝撃だったが、続いて父親が「夏」で殺されたと知ったときの絶望に比べたら、物の数ではないだろう。

実の父親が殺害されて、最も怪しいのは実の母親。そのことを誰かに言うべきか。言わざるべきか。

御子神夏斗は今まさに苦悩の真っただ中にいるのではないか。

(そうか、そういうことだったんだ……)

小夜子はほうと息をついた。

脳みそがフル回転しているような感覚。世界のすべてが見通せるような万能感。もしかして坂上が常々主張してきた潜在力とやらが目覚めたのか。これが祖母――比良坂貴夜子がいつも味わっていた感覚なのか。

――などと浮かれている場合ではない。今考えるべきは、この情報をどうするかだ。

(とにかく相談、葛城さんに相談しないと！)

困ったときの葛城さん。とりあえず彼の判断に従っていれば間違いはない。とはいえ家の中で電話を掛けたら誰かに聞かれる可能性があるし、いったん屋敷からは離れた方がいいだろう。

足早に玄関へと向かっている途中、視界の隅に映った白い人影に、小夜子は思わず足を止めた。

のっぺりした白い仮面の男、御子神冬也。

近いうちに御子神家の全財産を受け継ぐ予定である男。そして御子神邸で起こった連続殺人の犯人と目されている男。そして——

「冬也さん、あの、待ってください！」

咄嗟《とっさ》に彼を呼び止めたのは、尊子が次に狙うとしたら冬也なのではないか、との思いが脳裏をかすめたからである。

仮に尊子が財産目当てに遺言を偽造したのだとしたら、果たして夏彦の遺留分だけで満足するだろうか。あと一人、冬也が消えれば、全財産は彼女の息子である御子神夏斗のものになる。すでに二人も手にかけている人間が、あと一人手にかけることをためらうだろうか。

警察が四十九日までに冬也を逮捕する可能性に賭《か》けるよりも、もっと確実な方法を選ぶのではないか。

小夜子は男の傍に駆け寄ると、声を潜めて囁《ささや》きかけた。

「ええと、秋良さんと夏彦さんを殺した犯人のことなんですけどね。率直に申し上げて、私は冬也さんではあり得ないと思ってるんです。むしろ怪しいのは——怪しいのは別の人間ではないかと」

ここで尊子の名前を出すのはさすがにまずいと考えて、小夜子はとりあえず言葉を濁した。仮面男は無言のまま足を止め、小夜子の言葉にじっと耳を傾けている様子である。

「それでですね、その人物は、次は冬也さんを狙う可能性もあると思っています。だから十分気を付けて――」

そこまで言ったとき、仮面男がふいに強く小夜子の肩をつかんだ。

「あ、あの、冬也さん？」

「――――」

ゴムの仮面が間近に迫り、雑音のようなしゃがれ声が耳に響いた。なにかを言っているらしいが、声帯に損傷があるせいか聞き取れない。

「すみません、今なんて……」

「貴様！　先生から手を放せ！」

小夜子が思わず聞き返したとき、少し離れたところから男性の怒鳴り声が響いた。振り返れば、血相を変えた村上がこちらに駆けてくるところだった。背後には髪を振り乱した尊子の姿も見える。

その異様な光景にひるんだのか、ようやく仮面男の手が離れた。

「先生！　そいつから離れてください！」

「いえ、でも冬也さんは」

犯人ではない――と言いかけた瞬間、村上は「冬也様ではないのです！」と絶叫した。

「鑑定結果が出ました！　大奥様とその男が親子関係にある確率は0パーセント！

その男は、冬也様ではないのです！」

第六章　仮面男の正体

「え、それじゃこの人は……」

小夜子はのろのろと首を巡らし、仮面男に目をやった。

表情の読み取れないのっぺりした仮面。小夜子の中で、それは再び得体のしれない不気味なモノへと変容していた。

「あなた一体何者なの？　なんで主人を殺したのよ！」

遅れて来た尊子が吠《ほ》え掛かる。そしてつかみかかろうとした、その瞬間。

「きゃあぁ！」

男は尊子を突き飛ばし、取り押さえようとした村上をはねのけ、玄関を抜けて走り去った。そしてあとに残された小夜子はへなへなとその場に座り込んだ。

「――仮面男を直接問いただすのは、我々が来たあとにしていただけたら大変有難かったですけどねぇ」

三十分後。屋敷に駆け付けた成海瞬は、やれやれとばかりにため息をついた。

「すみません。そのつもりだったのですが、比良坂先生が襲われているところを見て、つい動揺してしまいました」

村上は申し訳なさそうに身を縮めながら弁解した。

ちなみに鑑定結果を受け取った村上は、まずは尊子に手渡したという。

そして尊子がその場で開封し、驚愕《きょうがく》の事実が判明。小夜子にも知らせようと二人で探していたところで、小夜子が仮面男に肩を摑《つか》まれている場面に遭遇し、あのような事態に陥ったとのことだった。

「すみません、本当にすみません」

自分のせいで仮面男を取り逃がす羽目になったことについて、小夜子は平謝りするよりほかになかった。

御子神冬也が犯人ではないからといって、あの仮面男が犯人ではないとは限らないことを、今の今まで失念していた。仮面男が家族の思い出クイズに全てすらすらと答えたことや、親子鑑定にあっさり応じてみせたことで、彼が本物の御子神冬也だと思い込んでいたのである。

しかし成海に言わせれば、彼がすんなり応じたのは、鑑定結果が返ってくる前に姿をくらませる予定だったからであり、それが通常より早く返って来たので、計画半ばで逃げ出す羽目になったのだろうとのこと。

言われてみれば、実に簡単な話である。

「季一郎氏に隠し子がいた件についても、早めに教えていただきたかったですね」

そういう成海は相変わらずにこやかな笑みを浮かべていたが、その目は笑っていなかった。

「本当にすみません。戸籍には載ってなかったので、存在しないと思ってました」

小夜子はひたすら謝罪を繰り返しながら、己のうかつさをかみしめていた。

仮面男は御子神冬也ではなかった。しかし御子神冬也に成りすまして御子神邸に入り込んだ異様な手口からしても、御子神家そのものに対する並々ならぬ執着心が見て取れる。また背格好からして、おそらく本物の御子神冬也と同年代。

そこでにわかに浮上したのが、季一郎の隠し子、すなわち須藤桃香の赤ん坊の存在である。

村上が須藤桃香と再会したのは、ちょうど晴絵が冬也を身ごもっていたのと同じ時期。つまり須藤桃香の妊娠が狂言ではなく事実であり、その後流産することもなく無事に出産を終えたとすれば、生まれた赤ん坊は御子神冬也と同年代だと考えられる。

つまりあの仮面男の条件にぴたりと当てはまるのである。

「だけどそれなら、須藤桃香の戸籍にはなんで記載がないんでしょう。生まれたのに届け出なかったってことでしょうか」

数年前から社会問題化している無戸籍児という奴か。

小夜子の疑問に対し、成海はしかし、首を横に振った。

「その可能性もありますけど、むしろ子供のいない夫婦の嫡出子として届けられた可能性を推しますね、僕は。彼が生まれた時代から言っても、非嫡出子という立場は色々と厄介なことが多いですから。誰かの嫡出子となった方が子供のためだと説得されて、須藤桃香も赤ん坊を手放すことに同意したんじゃないでしょうか。なにしろ季一郎氏は顔の広い実業家ですから。応じてくれる夫婦を見つけるのはたやすいことだったと思いますよ」

「そして表向きはその夫婦の息子として育てられたというわけですか」

「そういうことです。もっともその後の彼の生活はあまり幸福なものではなかったんでしょう。血の繋《つな》がらない両親から邪険に扱われて、辛酸をなめながら成長したんじゃないでしょうか」

そして鬱屈《うっくつ》した人生を送っていた須藤桃香の息子は、いかなる運命のいたずらか、失踪《しっそう》中の冬也と出会う。そして親しくなって様々な話をするうちに、相手が自分の異母兄弟だと気が付いたのである。

御子神家のお坊ちゃんとしてぬくぬくと育った御子神冬也を前にして、仮面男の胸中にどんな思いが渦巻いていたのかは分からないが、ともあれ彼はその後に起きたビル火災を奇貨として、御子神冬也と入れ替わりを果たす。

「そして御子神邸へとやってきた、というわけですね……復讐《ふくしゅう》のために」

「いえ、彼がここに来た目的は復讐ではなかったと思いますけどね」

「はい？」

この人は一体何を言っているんだ。仮面男の目的が復讐ではないのなら、この惨劇はなんなんだ。

混乱する小夜子を前に、成海は苦笑しながら言葉を続けた。

「ここに来た時点では、別の目的があったと思うんです。彼の当初の目的は復讐ではなく確認ではないかと」

「確認？」

「ええ、季一郎氏の遺言内容の確認です。つまり仮面男としては、父親の愛情や誠実さに一縷《いちる》の望みをかけていたんじゃないかと。今まで放置していたにしても、死ぬ間際に少しくらいは自分や母親のことを気にかけてくれたんじゃないかってね。そして実際に季一郎氏の遺言が自分や母親に配慮した内容だったら、本当の身分を明かして受け取るものを受け取って、大人しく帰るつもりだったんじゃないでしょうか」

「……ところが内容があれだった、と」

「そういうことです」

成海は軽く肩をすくめてみせた。

「遺言には、夏彦、秋良、冬也、夏斗、真冬、晴絵といった具合に、季一郎氏の身内の名前が一通り登場するのに、須藤桃香とその息子のことには一行たりとも触れられてない。彼にはそれが許せなかったんじゃないですか？　僕から見てもちょっと薄情じゃないかなぁと思いますしね」

「それは、確かに……」

「僭越《せんえつ》ながら、私もそう思いました」と村上も隣で頷《うなず》いている。

須藤桃香の息子が苦労して育ったのだとしたら、生前自分を捨て置いたうえ、死ぬときも一切顧みなかった父親を恨みに思うのも無理はない。

そして冷酷な父に対する復讐として、お屋敷でぬくぬくと育った息子たちに対する凶行に走る気持ちも、一応理解できないではなかった。

とはいえ元凶の季一郎は天寿を全《まっと》うして大往生を遂げているのに、直接的には何の責任もない息子たちが命を奪われるのは、やはり理不尽さがぬぐえない。

「……しかしそういうことなら、季一郎さんの血を引く真冬さんや夏斗さん、それに妻の晴絵さんもターゲットにされる可能性があるんじゃないですか？」

小夜子がおそるおそる確認すると、成海は「ありますねぇ」としごくあっさり同意した。

「我々警察としては犯人逮捕に全力をあげる所存ですが、それまで御子神家の皆さんはくれぐれも身辺に気を付けてくださいね。晴絵さんにも事情を話して、気を付けるようにお伝えください」

成海の言葉に、その場にいた面々は青くなって頷いた。


その後警察の捜査によって、いくつか重要な事実が判明した。

第一に、須藤桃香の赤ん坊は確かに実在していたらしい。須藤桃香が生前「自分には息子がいる」と話していたと、彼女の知り合いである複数の人間が証言している。

しかし名前やどこで暮らしているかについては頑《かたく》なに口を閉ざし、人に聞かれても笑ってごまかしていた模様。

第二に、あの仮面男が火災に遭ったというビルでは、御子神冬也と思《おぼ》しき男が実際に働いていたらしい。なんでも地下にあったバーのホームページに載っている従業員

「水上修也《みなかみしゅうや》」が冬也にそっくりだとのこと。

「水上修也」はビル火災に巻き込まれて大やけどを負ったことまでは分かっているが、その後の足取りはつかめていない。

おそらく火災現場から発見された身元不明の遺体の中に、本物の御子神冬也が含まれていたと思われる。そして今は無縁仏として静かに眠っているのだろう。

また晴絵の語ったところによれば、須藤桃香は昔から晴絵に憧《あこが》れており、晴絵の「お下がり」をことのほか好んでいたという。「晴絵様のものだと思うと、余計に素敵に思えるんです」というのが桃香の口癖であり、晴絵が「新しいものを買ってあげるわよ」と言っても晴絵のものを欲しがることが多かったらしい。

成海いわくその「お下がり」愛が高じて、晴絵の夫、季一郎に自ら近づいて関係を持ったのではないかとのこと。

仮に季一郎と桃香の関係がそういう歪《いびつ》な事情で始まったものなら、そして季一郎が関係を持った後でそういう事情を知ったのなら、彼が桃香親子に対してあまり良い感情を持てなかったとしても仕方のないことと言えるだろう。

とはいえ、そのことと赤ん坊の父親としての責任を果たさないことは、全く別の問題だが。

小夜子はそれら全てを成海経由で聞かされた。展開次第で遺言執行の仕事に関わってくる以上、半ば義務的に拝聴していたが、正直言って、聞けば聞くほど自己嫌悪と羞恥心《しゅうちしん》が募って喚《わめ》きだしたくなるほどだった。

　まったく、なにが潜在力だ。祖母が見ている世界だ。事件解決どころか、かえってそれを妨げてしまった。自分のせいで新たな犠牲者が出たらと思うと、いいようのない恐怖に駆られる。

　死んだ季一郎の魂も、比良坂の名前に騙《だま》されてこんなポンコツを選んだことをさぞや悔やんでいることだろう。小夜子のせいで御子神家に新たな犠牲者が出てしまったら、彼の墓前でなんと詫《わ》びればいいだろう。

　とはいえ、そもそもの元凶は季一郎に他ならない。いくら誘惑されたからといって、妻の妊娠中にその小間使いに手を出すなんて極悪非道な振る舞いだし、挙句にできた息子ともども放置して顧みないとは、まさに鬼畜の所業である。

　加えて言うなら、成海たち警察だって大概だ。仮面男が冬也であろうがなかろうが、重要参考人には変わりないのに、取り逃がしたのは大失態もいいところである。

　大方「御子神冬也は四十九日が明けるまで屋敷から出て行かない」という思い込みがあったために監視が甘くなっていたのだろうが、実にうかつと言わざるを得ない。

　そうだ。自分は何も悪くない。悪くないったら悪くない。大体小夜子が冬也に話しかけたことであんな事態を引き起こすなんて、あの時点で予測不可能なのだし、故意も過失も存在しない。悪いのは季一郎と警察だ。自分は何も悪くない。

だけどもし、あそこにいたのが自分ではなく祖母だったら、天才、比良坂貴夜子だったら、あんな失態はありえなかったに違いない。

などと自己嫌悪で落ち込んだり、自己弁護に走ったりを繰り返しつつ、事務所に出勤して通常業務をこなしたものの、坂上所長には「小夜子ちゃん大丈夫？」と心配されるし、ユイ子にも「比良坂センセイ、顔色やばいっすよ」と心配されるし、無料相談に訪れた相談者にまで「先生こそ大丈夫ですか？」と心配されるなど散々で、挙句葛城には「お前もう帰れよ」と叱責《しっせき》される始末である。

お気に入りのウェブ小説は相変わらず更新を休んでいるため、空いた時間は不動産のポータルサイトで田舎の一軒家を検索することで気を紛らわせた。

ああ弁護士をやめたい。切実に。片田舎の一軒家でハーブを育てたりしながら、のんびりとスローライフを送りたい。できれば下水道が整備されてて、都市ガスで、近所にコンビニと大型スーパーと総合病院があって、最寄りの駅から乗り換えなしで首都圏まで出られるところがいい。そんな田舎で誰にも迷惑をかけることなく、一人で静かに暮らしたい。

見果てぬ夢を抱きつつ、小夜子は冬也のために不在者財産管理人を申請したり、日々の通常業務をこなしたりしながら一日一日をやり過ごした。

そうやって昼間は気を紛らわせていたわけだが、夜になるとやはり不安で不安でたまらなかった。

次に狙われるとしたら、やはり妻の晴絵だろうか。それとも夏斗か、あるいは真冬かもしれない。血まみれの晴絵や真冬、夏斗の姿を夢に見て、小夜子は夜中に何度も飛び起きた。

何故か血まみれの季一郎に「お前のせいだ！」と罵《ののし》られる夢を見たこともあった。目が覚めてから、「貴方《あなた》のせいですって言い返せば良かった！」とひとしきり悔しがったのち、夢を相手になにをむきになっているのかと我に返って寝直した。

そんな不安と焦燥の毎日は、御子神季一郎の四十九日を目前にして、唐突に終わりを迎えることとなった。


「仮面男が見つかった？」

逃走から三日目の晩。小夜子は電話の向こうの成海に対して叫ぶように問いかけた。

「ええ、すでに死亡していましたが」

対する成海はどこか悄然《しょうぜん》とした声音で言った。

「えっと、それはつまり」

「おそらく自殺だと思われます」

成海が言うには、仮面男は喉《のど》をかき切られた遺体となって、屋敷の裏手にある雑木林で発見されたとのことだった。血まみれで横たわる仮面男の手元には「冬」の短刀が転がっていたという。

「逃げることを断念した仮面男が自ら命を絶った、ということでしょうか」

「だと思いますよ。実に身勝手な話です」

成海は憤懣《ふんまん》やるかたないといった調子で語気を強めた。

「死ぬならせめて、犯行の具体的な手口と動機を記して署名捺印《なついん》した遺書のひとつも残すのが最低限のマナーだとは思いませんか？　いやそれよりも自分の本名くらいは名乗るべきですよ。何しろどこの誰とも分からないんですから。おかげでこちらは裏付け捜査が大変なんです」

それからしばらくの間、成海は警察の置かれた状況について大仰に嘆いていたようだが、小夜子はそのほとんどを上の空で聞き流した。そして通話を終えてから、ベッドの上に倒れ込んだ。頭の中では先ほど聞いた情報がぐるぐると回っている。

仮面男が死亡した。秋良と夏彦を殺害した犯人は、追い詰められて命を絶った。殺人犯はもういない。

（殺人犯はもういないんだ……）

そう理解した瞬間、小夜子のうちから湧きおこってきたのは言いようのない安堵《あんど》感である。

成海は詳しい真相が分からずじまいになったことについて随分と憤慨していたが、そんなもの小夜子の知ったことではなかった。

今さら細かい手口や動機なんて分かったところで何になる。それよりなにより、自分のせいで新たな犠牲者が出なかったことが心の底から喜ばしい。

ああ良かった、本当に良かった、この際自殺は犠牲にカウントしない、八つ当たりで二人も殺した犯人なんて、捕まったらどうせ死刑だし――などと弁護士にあるまじきことを考えながら、小夜子はその晩夢も見ないで熟睡した。

そして御子神家連続殺人事件は被疑者死亡であっけなく幕を閉じた、はずだった。

第七章　四十九日の法要

数日後。御子神邸で季一郎の四十九日の法要が営まれた。小夜子は散々迷ったものの、一種のけじめとして法要に出席することにした。遺産分割協議は別の場所で行われる予定であるため、小夜子がこの屋敷を訪問するのはこれが最後となるだろう。

少しばかり感傷的な気分になりつつ、小夜子は御子神邸の冠木門《かぶきもん》をくぐった。

「これでお義父《とう》様の魂が極楽浄土に行くと思うと、何だか業腹ですわねぇ」

法要が終わったあと、尊子が皮肉な口調で言った。

「だってお義父様の遺言のせいでこんなことになったんじゃありませんの。愛人と子供まで作っておいて、ちゃんと処遇しないなんて最悪ですわよ」

「ええ、まったくです」

小夜子も心から同意した。

「大体お義父様って何を考えているかよくわからなくて、元からあまり好きじゃありませんでしたわ。事業家としては確かにすごい人なんでしょうけど、家庭人としてはどうなのかしら。それなのに、あの人ったらお義父様を完璧《かんぺき》な人だって崇《あが》め奉って、父ならこんなときどう言うだろう、父ならこんなときどうするだろうって、そればっかりで。もう歯がゆいったらありませんでした」

　尊子はいかにも口惜《くや》しそうに言った。

「そりゃあの人にはお義父様みたいなカリスマはありませんでしたけど、そんなものがなくたって、あの人にはあの人なりの良いところがたくさんあったのに」

　その言葉に、小夜子はふっとひらめくものがあった。

「……尊子さん、一つうかがってもよろしいですか？」

「なんですの？」

「夏彦さんが春夏秋冬の短刀が見当たらないって大騒ぎして、私が家探しすることを提案したことがありましたよね。あのとき尊子さんは強硬に反対していらっしゃいましたけど、あれってもしかして」

「ええ、あれがお義父様の『大切な形見』だったからですわ」

　尊子は苦笑を浮かべて言った。

「私はあの人がお義父様にこだわりすぎているのが嫌だったんですの。あの人はお義父様みたいにならないとっていう強迫観念に取り憑《つ》かれているみたいでした。だからお義父様のことなんて気にしないでって言いたかった、お義父様みたいになれなくても、貴方は貴方で良いんだって……こんなことになるんなら、はっきり言ってしまえば良かったわね」

寂し気に微笑む尊子を前に、小夜子はあらぬ疑いをかけていたことがつくづく恥ずかしくなった。自分の印象は信用できない。そんなこと、とっくに分かっていたはずなのに。

晴絵は村上に付き添われて出席した。酷《ひど》くやつれて、一回り小さくなったように思われる。

無理もない。この短期間で立て続けに二人の息子が殺されて、残る冬也もおそらくすでに死亡している。しかも秋良と夏彦が殺されたのは、最愛の夫と妹分だった女性の不貞が原因だったのだから、晴絵としては実にやりきれない心境だろう。

それでも冬也が殺人犯ではなかったことは、せめてもの救いと言えるだろうか。

真冬も同様に憔悴《しょうすい》していた。といってもその原因は秋良や夏彦ではなく蜜柑である。なんでも猫の蜜柑はあのまま回復することなく、帰らぬ猫となったらしい。

真冬にとっては血の繋《つな》がらぬ（と本人は思っている）親族ではなく、あの猫こそが唯一の家族だったのだろう。

仮面男との親子鑑定が無意味になってしまったため、小夜子は代わりに祖母との鑑定を提案してみたのだが、「もういい」と断られた。「そういうの、もういいから」と、淡々とした口調で。

真冬としては一大決心をして鑑定を依頼したというのに、こんな結果になったことで、心が折れてしまったのだろう。本人による明確な拒絶を前にして、小夜子はそれ以上何も言えなかった。

御子神椿は不貞なんかしていない。御子神真冬は紛れもなく冬也の実子だ。少なくとも小夜子はそう信じているが、本人にそれを確認する気がない以上、小夜子にできることなどなにもない。

遺言によって全てを受け継ぐことになった夏斗は、時おりこちらにもの言いたげな視線を送ってきたが、はっきりと何かを言ってくることはなかった。

彼の言っていた「あのさ、俺、見たんだけど」とは一体なんだったのか。彼は一体何を目にして、遺言執行者である小夜子に伝えようと思い至ったのか。気にならないではなかったが、あえて尋ねはしなかった。

もしかすると彼もまた小夜子と同様に、何かを勘違いしていたのかもしれないし、本人が言わない以上はそっとしておいた方がいいだろう。

（まあどっちにしても、大したことじゃなさそうだしね）

殺人犯は亡くなったし、死を予言する猫もこの世にいない。もはや御子神家に関わることで恐れることなど何もない。

帰り際にどこからか猫の鳴き声が聞こえたような気がしたが、小夜子は振り返る気にもなれなかった。


事務所に戻った小夜子は、今度担当することになった破産事件についての資料を読み込んでいた。

破産の理由は保証債務によるもので、形式的な不備がなければ問題なく認められることだろう。楽な案件、という言い方は不謹慎かもしれないが、とりあえずゴム仮面や銘入りの日本刀が登場しないだけでも素晴らしいと言わざるを得ない。

破産申立書類の作成がいち段落したところで、小夜子は熱いほうじ茶を飲みながら、ほうと満足のため息を漏らした。

(なんだか日常に戻って来たって感じがするなぁ)

むろん御子神家に関する遺言執行が完全に終わったわけではない。まだ遺産分割協議が残っている、というか本来ならそれが一番の山場なのだが、この状況ならばそう揉《も》めることもないだろう。むしろまだ揉める元気が残っていたら、そちらの方が吃驚《びっくり》だ。

その後は習慣になった不動産ポータルサイトのチェックを終えて、ついでにウェブ小説のページを開いてみると、なんと作者から「いつもありがとうございます。今夜から更新を再開します」との返信があった。

信じる者は救われる。ああ人生って素晴らしい。今日はお祝いにケーキでも買って帰ろうかな、などと浮かれていると、事務員の坂上ユイ子が小夜子のもとを訪れた。珍しく殊勝な表情を浮かべ、手には一通の封筒を携えている。

「あのう比良坂センセイ。これ、別の書類と交ざってたみたいで……なんか重要な書類だったらスミマセン」

差し出された封筒を見れば、なんとあの鑑定会社からのものである。そういえば仮面男と真冬の親子鑑定の結果はこの事務所に届くように頼んでいたのだと、今さらながらに思い出す。

「ううん、いいよいいよ、全然重要なんかじゃないし」

小夜子が軽い調子で言うと、ユイ子はほっとした様子で立ち去った。

「――さて、どうしたもんかな、これ」

小夜子は受け取った封筒を見ながら、思案顔でつぶやいた。

仮面男が御子神冬也ではなかった以上、こんなものに意味はない。真冬にしたって今さら貰《もら》っても困るだろう。

とはいえ小学生がこつこつ貯めた小遣いで得た鑑定結果だ。このままゴミ箱に放り込むのもなんとはなしに気がひける。とりあえず中身を検分したうえで真冬に渡すべきだろうか。

小夜子はそんなことを考えながら、封筒を開けて中身を見て——そのまま書類を取り落とした。

「え、なに？　どういうこと？」

馬鹿な。そんなはずはない。そんなことはありえない。

小夜子は落とした書類を拾い上げ、再び内容を確認した。しかし当然のことながら、何度読んでも記載内容は変わらなかった。

ありえない。ありえない。ありえない。

新たに手にした情報が、頭の中でぐるぐる回る。そして他の情報と組み合わさって、新たな絵を描いていく。

ばらばらのピースが組み合わさり、ようやく完成したそれは、ひどく異様な代物だった。

（ありえない、いくらなんでもそんなこと）

自分はまた考えすぎている。また名探偵気取りで馬鹿なことを始めようとしている。自分の考えなんて、どうせ間違っているに決まっているのに。

──ほらほら駄目じゃない小夜子ちゃん。

頭の中で、懐かしい祖母の声がする。

──あらまあ小夜子ちゃん、それじゃみんなに笑われてしまうわよ？

いつもそう言われていた。

小夜子が何か自分で判断するたび、自分から行動するたび、いつもいつも。

──ほらね、おばあちゃんの言った通りでしょう？

完璧《かんぺき》な祖母。出来損ないの自分。祖母がいないと何もできない自分。

だから自分は何もやらない。判断は誰か「ちゃんとした人」にゆだねて自分からは何も行動しない。それが小夜子にとっては一番賢明で合理的な選択だ。

自分の考えなんてどうせ間違っているに決まっているのだから、さっさと忘れてしまうに限る。身の程をわきまえ、他人様《ひとさま》に迷惑を掛けないように、世間の片隅でひっそりと――

しかし気が付けば、小夜子は席を立って駆けだしていた。そして駐車場に向かうところで、危うく葛城と正面衝突しそうになった。

「何やってんだお前」

「葛城さん、私これから御子神邸に……そうだ、連絡！」

「は？」

「成海さんに連絡して下さい！　殺人犯はあの仮面男じゃなかったんです！　だから……だから次の犠牲者が出る可能性があります！」

車を飛ばして御子神邸に到着した小夜子は、屋敷の呼び鈴を連打した。しかしながら、返事はない。開いたままの門をくぐり、屋敷のドアノブをひいてみると、それはすんなりと開かれた。

小夜子は一瞬ためらったのち、意を決して中に入ると、迷路のような屋敷内を駆けずり回って、目当ての人物を探しまわった。

しかし目当ての人物はおろか、屋敷内にいつもいた使用人たちも誰もおらず、まるで空き家のようにがらんと静まり返っている。皆どこに行ってしまったのだろう。

　庭に降りて捜索を続けるうちに、ようやく庭池のほとりにたたずむ後ろ姿を発見した。

　その人物——御子神夏斗は、なにやら俯《うつむ》いて携帯電話を操作している様子である。

小夜子は「夏斗さん」と呼びかけようとして、その背後から近づく人影に息をのんだ。

人影はなめらかな足取りで御子神夏斗に近づいて、通り過ぎた、次の瞬間、夏斗がその場に崩れ落ちた。

　手から離れた携帯電話が庭池に落ちて、とぷんと小さく水音を立てる。

（夏斗さん……っ）

　小夜子は思わず叫び声をあげそうになるのを、必死の思いで押し殺した。

　相手はまるで何事もなかったように、悠々とその場を立ち去っていく。その右手には血濡《ぬ》れの短刀が握られていた。

（救急車！　それから警察！）

　ところがこんなときに限って、自分の携帯電話をどこかに置き忘れてきたらしい。

（どうしよう、屋敷内に戻って電話を借りる？）

　しかし電話のある場所を知らないし、屋敷内を探し回っているうちに間に合わなくなる可能性が高い。

こんなとき祖母なら一体どうするだろう。どうするのが「正解」なのだろう。

迷っているうちに夏斗の背中に真っ赤な染みが広がってきた。どうやら背中を刺されたらしい。

（どうしよう、どうしたらいい？）

明確な答えは出ないまま、小夜子は足音を忍ばせて夏斗のもとに駆け寄った。そして以前ネットで読んだ知識をもとに、止血のまねごとを試みた。

（そうだ、確か傷口を圧迫して……）

見よう見まねで傷口をぐいと押した瞬間、夏斗がくぐもったうめき声あげた。

傷口を押されたら痛いしうめき声も出る、実に当たり前の話である。

そんな当たり前に気付けないのが、ポンコツのポンコツたるゆえんだろう。

今さらまずいと思ったところでもう遅い。木立の向こうに立ち去りかけた人影が、立ち止まって振りむいた。そして小夜子に気が付くと、にぃと口角を上げて微笑んだ。

（怖い怖い怖い怖い）

悲鳴を上げて逃げ出したい衝動に駆られたが、気合を入れて踏みとどまった。今手を離したら彼は死ぬ。十代の青年を見捨てて逃げたら、たとえこの場で助かったところで、多分一生安眠できない。ウェブ小説も楽しめない。

そんなことを考えているうち、相手は血刀を手にしたまま、ゆっくりとこちらに近づいてきた。

「誰か！　来てください！　誰か！」

小夜子は叫び声をあげて助けを呼ぼうと試みた。

「誰か！　来てください、誰か！」

しかしあいにくなことに、「誰か」が現れる気配はなかった。

そういえば村上が、「四十九日の法要が終わったら、使用人はみんな有給なんです」と嬉《うれ》しそうに語っていた気がしないでもない。今頃そんなことを思い出す辺りが、本当にもうポンコツだ。

屋敷内から誰かが来る可能性はない。

相手は嘲《あざけ》るような微笑を浮かべ、一歩一歩、ゆっくりとこちらに近づいてくる。

「べんごしさん」

ふと、小夜子の手の下で、小さくかすれた声が響いた。すがるような、か細い声。

小夜子は咄嗟《とっさ》に「大丈夫だよ」と返答した。

できるだけ落ち着いた声音で、「大丈夫だよ」と。

本音をいえば、大丈夫なことなんて何一つなかった。夏斗は間違いなく死にかけているし、自分はどうしようもないポンコツで、止血のせいで身動きひとつできないうえに、目の前の相手は殺意と刃物を持っている。

しかし今はそう口にするより他になかった。

「大丈夫だよ、大丈夫、私はこう見えても凄《すご》い弁護士の孫だからね」

小夜子は顔を上げ、近づいてくる相手を正面から見据えた。そして祖母の自信たっぷりの口調を意識しながら呼びかけた。

「やっぱり、貴方《あなた》が犯人だったんですね」

「やっぱり？」

御子神晴絵は、不思議そうに小首をかしげた。その表情はまるであどけない少女のようだが、手に握られているのは血濡れの短刀。間違いなく「春」の一振りだ。

今までのようにその場に残さなかったのは、「次」に使うためだろう。

「はい。真冬さんと仮面の男の鑑定結果を見た瞬間、分かりました」

思わせぶりに言い放ったのは、少しでも時間を稼ぐためである。

小夜子は夏斗を探しに行く直前、葛城に「犯人が晴絵なこと」「次は夏斗と真冬が狙われる可能性があること」を伝えている。理由を説明する暇はなかったので、葛城は不信感丸出しの様子だったが、もしかしたら警察と一緒に探しに来てくれるかもしれない。

むろん小夜子の言うことなんて信用できないとして放置されている可能性もある、というかむしろそちらの可能性の方が高いような気もするが、今は来てくれる方に賭《か》けて、時間を稼ぐしかないだろう。

「貴方、真冬と冬也の親子鑑定なんてやってたの？」

「はい。真冬さんの希望で、別に申し込んでいたんです。その結果、二人は実の親子であることが判明しました。そして私は確かな筋の情報として、母親の椿さんは不貞を働いていないことを知っています。真冬さんの父親は間違いなく御子神冬也さんです。ゆえにあの仮面男が真冬さんの父親ならば、彼は本物の御子神冬也さんという結論になります」

小夜子は晴絵をまっすぐに見据えたまま、言葉を続けた。

「つまり御子神冬也さんは、そもそも貴方の子ではなかったんです。冬也さんを産んだのは貴方の小間使いだった須藤桃香、違いますか？」

村上が須藤桃香と再会したとき、彼女のお腹には「旦那《だんな》様の子供」がいた。今思えばあれこそが御子神冬也だったに違いない。

「しかし冬也さん自身はそれを知らされていなかった。だから何の抵抗もなく貴方との親子鑑定に応じたんでしょう。その結果偽者扱いされたことでパニックを起こし、あの場から逃走した、ただそれだけの話だったんです」

小夜子の肩をつかんだのも、単に夏彦を殺した犯人を知りたくて、前のめりになっていただけだろう。それが「冬也を騙《かた》る正体不明の男」というフィルターを通して見たことで、小夜子を襲っているように誤解されてしまった。

あの展開はすべてが不運な巡り合わせによるものだ。

「刃物が苦手な冬也さんに、短刀で人を殺せるわけがありません。自殺するときに短刀を選ぶこともないでしょう。ですから彼が二人を殺したあと自殺したという警察のシナリオは成り立ちません。秋良さんと夏彦さんを殺害し、さらには冬也さんを自殺に見せかけて殺害した別の人間がいるはずです。それは誰かと考えたとき、今回の事件で明らかに不自然な行動をとっている人間が一人いることに気が付いたんです。御子神晴絵さん、貴方です」

「私？」

「ええそうです。貴方は冬也さんが自分の子ではないことを当然知っていたはずです。それなのに何も言わずに鑑定に同意し、その結果として冬也さんが偽者扱いされても、一切訂正しなかった。それどころか『須藤桃香は自分のお下がりが好きだった』などという情報を提供し、警察の誤解を後押しした。そうやって本物の殺人犯が野放しになる状況を意図的に作り上げたんです。それが分かったとき、ようやく気が付いたんですよ。つまり一連の事件は、全て貴方によるものではないかと」

小夜子は一旦《いったん》そこで言葉を切った。助けはまだ来ない。

「面白いわ。続けなさい」

晴絵に促され、小夜子は話を続けた。

「……もちろん最初は信じられませんでした。桃香さんの息子である冬也さんはともかく、自分の子供である夏彦さんと秋良さんを殺すなんてあり得るのかと。だけど改めて考えみると、二人が貴方の子供だっていう根拠も別にないんですよね。それで思ったんですけど……もしかして冬也さんだけでなく、夏彦さんと秋良さんも、桃香さんの子供なんじゃありませんか？　村上さんが言っていた、桃香さんが何かにつけて仕事を休んでいたっていうのは、別に怠けてたわけじゃなく、夏彦さんや秋良さんを妊娠出産していたからだったんじゃありませんか？」

悪阻《つわり》やお産の重さはひとによってさまざまだ。中にはとても軽い人間もいる。しかしいくら軽くとも、さすがに産前産後は休まないわけにはいかないだろう。村上の目にはそれが怠けているように映ったのである。

「御子神季一郎さんの三人の息子は、全て須藤桃香さんが産んだ子供だった。そしてそれこそが、貴方が今回の惨劇を引き起こしたそもそもの動機なんじゃありませんか？」

小夜子の問いかけに対し、晴絵はただ無言のまま凄絶《せいぜつ》な笑みを浮かべた。その表情に、思わず怯《ひる》みそうになる。

助けはまだ来ない。時間を稼ぐために、なんとか生き延びるために、小夜子は必死で言葉を紡いだ。

「季一郎さんは表向き愛情深い夫のふりをしながら、貴方を裏切って愛人との間に三人も子供を作り、夫婦の実子として届け出た。そのうえ貴方に実の息子として育てさせた。酷《ひど》い話ですよね。私も一応女ですから、どれほどの屈辱か想像できます。そこまでないがしろにされた貴方が、季一郎さんを憎むのは当然です。復讐《ふくしゅう》として子供や孫たちまで手にかけようとすることも、心情としては理解できなくもありません。凶器として、季一郎さんが自ら打った短刀を使うのもわかります。しかし、なぜ今なんですか？　そもそも貴方が最も復讐すべき相手は季一郎さん本人でしょう？　それなのに、なぜ季一郎さんが亡くなった今になって――」

小夜子の熱弁は、晴絵の「遺言よ」の一言によって遮られた。

「え？」

「だから、遺言よ。遺言であの人の裏切りを知ったの。ねえ貴方、根本的な勘違いをしているわ。途中まではさすが比良坂貴夜子の孫だと感心していたものだけど、やっぱり比べ物にならないわね。あの女はたちどころに真相を見抜いたものなのに」

晴絵は苦笑しながら首を振ると、血の巡りが悪い人間相手に言って聞かせるような調子で言葉を続けた。

「季一郎さんが桃香を抱いたのも、生まれた子供を私たちの実子として届け出たのも、私にとっては裏切りじゃないわ。だって私が命じたことだもの」

「貴方が、季一郎さんに……？」

「そうよ。私の代わりに桃香を抱いて子供を作りなさいって、私があの人に命令したの」

「そんな……」

言われた内容の異様さに、小夜子の理解が追い付かない。

晴絵が季一郎に命じた？　晴絵が季一郎に桃香を抱いて子供を作るように命令した？

「そんな……それじゃ須藤桃香さんはただの子供を産む道具ってことですか？」

小夜子が震える声で確認すると、晴絵は「ええそうよ」と頷《うなず》いた。

「そうよ。そうだったの。そのはずだったのに、あの男は……」

ほんの一瞬、晴絵の顔が憤怒に染まる。しかしすぐに元の穏やかな表情に戻ると、小夜子に向かって優しい声音で呼びかけた。

「……もういいわ、そこをどきなさい。貴方には何の関係もないんだから」

晴絵は凶器を見せびらかすように閃《ひらめ》かせると、一歩一歩小夜子たちの方に近づいてくる。

夏斗から手を離せない以上、小夜子に防ぐすべはない。

どうしよう、何か言わなければ、何とかして時間を稼がなければ。そう思った挙句に口にした言葉は、実に陳腐なものだった。

「それ以上、罪を重ねないでください」

こんなとき祖母なら人の心を打つ名科白《せりふ》がぽんぽん出てくるのだろうが、しょせん凡人の自分に言えるのはこの程度が関の山である。

案の定、陳腐な言葉が相手に届くはずもなく、小夜子の目の前に血濡《ぬ》れの短刀が突き付けられた。

まあそれはそうだろう、自分が晴絵だとしても、そう言われて止めるわけがない。

(あ、私ここで死ぬのかな)

そう思った瞬間、小夜子の脳内をこれまでの人生が走馬灯のように駆け巡った。

五歳のとき父の再婚によって祖母に引き取られたこと。

祖母に言われるままに弁護士を目指し、ひたすら勉学に励んだこと。

祖母の徹底指導のもとで志望大学の法学部に合格したこと。

祖母の徹底指導のもとで予備試験に合格したこと。

祖母の徹底指導のもとで司法試験に合格したこと。

祖母のコネで坂上法律事務所に採用されたこと。

祖母の葬式で涙も出ずに呆然《ぼうぜん》としていたこと。

初めての法廷でやらかしたこと。

二度目の法廷でもやらかしたこと。

所長に「もっと自信をもって！　君は貴夜子さんの孫なんだから！」と励まされたこと。

先輩弁護士の葛城一馬に「お前やる気あるのか」と叱られたこと。

葛城一馬に「お前なぁ、マジでいい加減にしろよ」と凄《すご》まれたこと。

葛城一馬に「お前なんで弁護士やってんの？」と呆《あき》れられたこと。

思い返せばろくなことのない人生だったが、終わると思えばやはり惜しい。小夜子は基本的に低燃費な人間なので、コンビニスイーツの新作やお気に入りのウェブ小説の更新といったささやかな幸せのためだけにでも生きていける。

そうだ。あの小説の結末を読まずに死にたくない。浮気者《うわき》の王太子が「ざまぁ」されるのを見届けるまでは死ぬに死ねない。ヒロインの公爵令嬢が誰と結ばれるのかもちゃんと知りたい。希望としては頼もしい辺境伯だが、優しい義弟も悪くない。元鞘《さや》だけは許せない。

などと現実逃避している間にも、じりじりと白刃は迫りくる。

なぜこんなことになったのか。なぜこんな状況に陥っているのか。突きつめれば結局のところ、ひとつの答えにたどり着く。

(こんなことになったのは、全て御子神季一郎の残したろくでもない遺言のせいだ……!)

そして相手が短刀を振り上げた次の瞬間、比良坂小夜子の視界は闇に閉ざされた。

なにか温かいものが上から覆いかぶさって、凶刃を防いでいるようだ。

「え……え?」

それが人の身体だと気づくと同時に、一発の銃声が耳に響いた。

エピローグ

「御子神晴絵が言うことには、あの遺言はやっぱり彼女の偽造によるものだそうですよ。目的は四十九日まであの家に一族を留め置くことと、一族を互いに疑心暗鬼に陥らせることだったとか。当初の予定では夏彦から順に殺していくつもりだったけど、秋良が改ざんの証拠を探していると知って、予定を変更したそうです。いやはやまったく、とんでもない悪女もいたもんですね」

成海瞬は大仰に首を振ってみせた。

連続殺人犯、御子神晴絵は駆け付けた成海に肩を撃ち抜かれ、倒れたところを取り押さえられた。幸いなことにと言うべきか、命に別状はないらしい。今はぽつぽつと警察の取り調べにも応じているということだ。

「ちなみに本物の遺言には、夏秋冬の短刀はそれぞれ三人の息子に、そして春の短刀は須藤桃香に譲ると書かれていたそうです」

「『冬』は冬也さんに？」

「ええ、御子神冬也に」
刃物が苦手な息子に短刀を贈る遺言もどうかと思う。
とはいえ御子神季一郎にしてみれば、息子のうち一人にだけ贈らないのも、それは
それで差しさわりがあると考えたのかもしれない。
「まあ『冬』はこの際どうでもいいんです。それより問題は『春』ですよ。晴絵は
『春』は自分のものだと思っていたから、季一郎氏の裏切りが許せなかったと言うん
ですね、これが。我々からすると実に信じがたいことですが、それが全ての動機なん
だとか」
成海は呆れたように肩をすくめた。
「比良坂先生は信じられますか？　夫が他の女を抱くのは平気なのに、短刀ひとつで
あそこまで暴走するなんて、ちょっと理解できない世界ですよ」
「そのことですが、たぶん晴絵さんは平気ではなかったと思いますよ」
「え？　だって命じたのは晴絵なわけでしょう？」
「結婚した当初に命じたのは事実ですけど、後になってそれを後悔してたんじゃない
かなと」
小夜子はあのとき自分に向けられた凄絶《せいぜつ》な笑みを思い出しながら言った。
愛憎入り混じるあの表情は、間違いなく季一郎を愛しているが故だろう。おそらく

晴絵は季一郎が桃香を抱くことについても、苦痛を覚えていたに違いない。

ただプライドの高さから、それを言い出せなかっただけなのだ。

「そうなんですか？」

「ええ、たぶん」

「しかしそれにしても……そもそも晴絵はなんでまた、そんなおかしなことを季一郎氏に命じたんですかね。本人に訊《き》いても、その辺があまり要領を得ないんですよ。なにか性交渉ができない身体的な理由でもあったんでしょうか」

「いえ、それはただ単に、晴絵さんが季一郎さんを嫌っていたからだと思います。あくまで結婚した当時はってことですが」

小夜子はあのときの晴絵に言われた科白を成海に伝えた。

——途中まではさすが比良坂貴夜子の孫だと感心していたものだけど、やっぱり比べ物にならないわね。あの女はたちどころに真相を見抜いたものなのに。

「祖母が見抜いた『真相』ってなんなのかを、あれからずっと考えていたんです。祖母と晴絵さんに接点があるとしたら、間違いなく六十年前の篠宮幸久殺しの一件でしょう。つまりあの事件の『真相』に晴絵さんが関わっていたということです。それで思ったんですけど……もしかしてあの事件の犯人って、晴絵さんだったんじゃないでしょうか」

「御子神晴絵が、篠宮幸久殺しの犯人？」

「はい。動機はおそらく痴情のもつれではないかと。篠宮幸久はバイセクシャルで、美しいものは男も女も関係ないって信条の持ち主だったわけでしょう？　なら晴絵さんと付き合ってても不思議ではありませんよね」

今思えば祖母の遺《のこ》した走り書き「気位が高く苛烈《かれつ》な性格」「季一郎を下賤《げせん》な成り上がりと見下していた」というのは被害者の幸久ではなく、真犯人である晴絵のことを指していたのではなかろうか。

季一郎は晴絵を女神のように崇《あが》め奉っていたが、気位の高い晴絵は季一郎を下賤な成り上がりと見下して、自分と同じ名門家系の篠宮幸久と付き合っていた。しかし多情な幸久は、よりにもよって季一郎に心を移してしまう。

晴絵は恋人の裏切りに激高して、幸久を殺害。その場面に遭遇した季一郎は、晴絵を庇《かば》ってひたすら沈黙を貫いた。凶器に指紋があったのも、季一郎が自分に嫌疑を向けるために意図的につけたものだろう。

季一郎の弁護を担当した比良坂貴夜子はたちどころに真相を見抜いたものの、季一郎本人の意向を尊重して、その事実を公にすることなく見事無罪を勝ち取った——

「それじゃ晴絵が季一郎氏の求婚を受け入れたのは、彼を愛していたからではなく、自分の罪を知られている恐怖からだったたってわけですか」

「はい。晴絵さんにしてみれば、季一郎さんからのプロポーズって、ほとんど脅迫みたいなものだったんじゃないかと思うんですよ。もちろん季一郎さんの方はそんなつもりはないとしても、晴絵さんから見るとどうしてもそういう感覚になるんじゃないかと」

「ああ、なるほど。晴絵はそういう被害者意識があったから、季一郎氏との夫婦生活を拒み続けたってことですか」

「はい。季一郎さんは『貴方《あなた》の望むことならなんであれ、叶《かな》えることを誓います』と言ってプロポーズしたそうです。晴絵さんはその言葉を盾にしたんだと思います」

晴絵は夫婦生活を拒んだうえで、桃香に跡取りを産んでもらえと季一郎に命令した。愛する女に、別の女を抱けと命じられる。男としてこれほどの屈辱はないだろう。

それは晴絵にとって、「自分を妻に望んだ身の程知らずの成り上がり者」に対する残忍な復讐《ふくしゅう》だったのかもしれない。

ところが晴絵は献身的に尽くされるうちに絆《ほだ》されていき、次第に季一郎を愛するようになっていく。しかし気位の高さからそれを見せることに抵抗があったし、見せなくても季一郎の思いは変わらないと思っていた。

季一郎の愛情に胡坐《あぐら》をかいて、自分は一切歩み寄らなくても、相手は一ミリも揺らがず永遠に自分を愛し続けると思い込んでいたのである。

しかし季一郎はいつまでも頑《かたく》なな妻に疲れ果て、単なる「子を産む道具」であったはずの桃香に心を移してしまう。季一郎の遺言で初めてそれを知った晴絵は、屈辱と嫉妬《しっと》に狂い、再び凶行に及んだというわけだ。

六十年前、恋人の篠宮幸久を殺害したのと同じように、御子神季一郎の息子たちを皆殺しにした御子神晴絵。愛する者の裏切りはけして許さない——それが晴絵の生きざまなのだろう。

ちなみに警察による鑑定で晴絵と夏彦、秋良との間に親子関係がないこと、そして夏彦、秋良と仮面男が兄弟であることも確認された。つまりあの仮面男は間違いなく御子神冬也その人だったというわけだ。言葉を換えれば、冬也と真冬が実の親子であることは、これで明確になったわけである。

冬也が妻を疑った理由はいまだ不明だが、小夜子にはひとつ心当たりがあった。

冬也が娘に対する態度が変わったのは、失踪《しっそう》する二年前。ちょうど真冬が小学校に上がるころである。聞けば入学のための提出書類には血液型を記入する欄があり、真冬はそのために検査を受けて、O型だと判明したという。ちなみに椿もO型で、冬也はA型。そして季一郎と晴絵はAB型とのことだった。

冬也は「自分は季一郎と晴絵の子供である以上、AO型ではなくAA型のはずであり、O型の真冬が生まれるはずはない」と考えたのではなかろうか。冬也自身は父親の季一郎とそっくりである以上、血が繋《つな》がっているのは間違いないし、まさか母親の晴絵と血が繋がっていないなんて、まるで思いもしなかったのだろう。

季一郎、晴絵、桃香の奇妙な三角関係がどれほどの悲劇を生みだしたのかと思うと、実に空恐ろしい気持ちにさせられる。

「――ちなみにうちが調べた感じでは、季一郎氏と須藤桃香は、三男の冬也が生まれたあとは完全に没交渉だったみたいですね」

成海は思い出したように言葉を続けた。

「おそらく妻を裏切ってはいけないって義務感から、須藤桃香に思いを告げることなく別れてそれっきりだったんでしょう。遺言で『春』の短刀を桃香に贈ったのは、せめて死後に気持ちを伝えるくらいは許されるだろうっていう男のロマンチシズムですよ。といっても桃香本人はすでに死んでるから伝わらないし、代わりに奥さんにはしっかり伝わったので、こんな事態を引き起こしてしまったわけですが。まあ季一郎氏としては妻が自分を愛しているなんて知らなかったわけですから、仕方なかったとも言えますね」

桃香の方も死ぬまで独身を貫いたことからして、季一郎のことをずっと思い続けていたのかもしれない。見方によっては純愛である。

「いやぁそれにしても、さすが比良坂貴夜子先生のお孫さんですね。お話は全て大変参考になりました。署に戻ったら今うかがった推理を晴絵本人にぶつけてみますよ。それでリアクションがあったらまたお伝えしますね」

「いえ、別にそこまでしていただかなくても」

「まあまあ、そうご遠慮なさらず。比良坂先生とは今後も親しくお付き合いしていきたいと思っているんですよ」

「……一応言っておきますけど、祖母の資料をお見せする気はありませんよ？　成海さんにも事情はおありのようですけど、あれは私の財産なので」

小夜子の言葉に、成海から一瞬表情が消えた。笑顔が標準装備の彼にしては、大変珍しいことである。

「葛城に聞いたんですか？」

「はい」

「そうですか……ばれてしまったんなら仕方ありませんね」

成海は軽く肩をすくめてみせた。

「でもね、そういう下心は別にしても、比良坂先生とは今後も親しくお付き合いしたいと思ってるんですよ、心から。それでは、またお会いしましょう、比良坂先生」

成海は快活にそう告げると、一礼して部屋を出て行った。

小夜子としてはあまり会いたくなかったが、この仕事を続けている限りは、いずれまたどこかで相まみえる羽目になりそうだ。


「――やっと帰ったか」

成海がその場を去ってから、ふいに聞きなれた声が病室に響いた。

「え、葛城さん起きてたんですか」

「お前らがやかましいから目が覚めたんだよ。人のベッドの横でべらべらべらべら、ミーティングならよそでやれ、よそで」

「え、違いますよ。私は葛城さんのお見舞いに来たんです。そうしたら、成海さんと鉢合わせしたから、成り行きで話していただけで」

「あいつも何しに来たんだか」

「それはもちろんお見舞いでしょう。成海さんなりに葛城さんのことが心配だったんじゃないですか」

「そんな人間味のある奴じゃないけどな」

「いや、でも成海さんの目の前で刺されたわけですし、心配しますよ、それは」

小夜子は当時のことを思い出しながら言った。

あのとき、葛城は小夜子たちを庇《かば》って御子神晴絵に背中を刺された。後から来た成海が晴絵を狙撃《そげき》しなければ、今頃生きていなかったかもしれない。

小夜子にとって葛城は、まさに命の恩人だ。

良い人だなぁ、と心から思う。小夜子がその件で礼を言うたびに大変鬱陶《うっとう》しそうな顔をするので、最近は心の中で拝むだけに留《とど》めている。

「それでどうだ、仕事の方は」

「ええまあ、なんとか。破産事件の方は上手《うま》くいきそうなんですけど、今度新しく担当することになった離婚事件の方がちょっと厄介そうな感じで――」

事務所経由の依頼を受けて、ちまちまと小夜子なりに頑張っていることを報告すると、「……じゃあ仕事はちゃんとやってるんだな」との返事。

「はい、まあ、それなりに」

「最近あまり俺に電話してこないから、どうしたのかと思ったんだが」

「だって死にかけて入院中の人におんぶに抱っこは、さすがに申し訳ないですし……それに晴絵さんに祖母について言われたことで、私なりに思うところがあったんですよ」

小夜子が苦笑しながら言うと、葛城は妙に深刻な声で「そうか……」と呟《つぶや》いたきり、なにやら黙り込んでしまった。

その眉間《みけん》には、いつにも増して深いしわが刻まれている。

なにか気に障るようなことでも言っただろうか。小夜子が不思議に思っていると、ややあって、葛城が再び口を開いた。

「お前さ、あんまり気にすんなよ」

「何をですか？」

「だからさ、殺人犯の評価なんて気にすんなって言ってるんだよ」

「え、評価？　え？」

心底怪訝《けげん》そうな小夜子に対し、葛城は困惑したように問いかけた。

「なんだよ、お前はあの女に『比良坂貴夜子と比べ物にならない』って言われたのを気にしてるんじゃなかったのか？」

「え、違いますよ。いやだなぁ、葛城さんてば一体何を言ってるんですか。私が祖母と比べ物にならないことなんて、そんなの当たり前じゃないですか。むしろ途中まで騙《だま》せていたことに吃驚《びっくり》ですよ。これを支えにしばらく生きていこうかってレベルで感動しましたよ、私は」

「お前な……もういいわ」

葛城はうんざりした表情でため息をつくと、「お前に人並みのプライドを期待した俺が馬鹿だった」と付け加えた。

自分を客観視するのはとても大切なことだと思うが、これは見解の相違だろう。

「……それじゃお前の思うところって、いったい何なんだよ」

「それがですねー、ちょっと説明しづらいんですけど、祖母でも判断を誤ることがあるんだなぁと吃驚して、なんかこう、世界が反転したような気分なんですよ」

「判断を誤る？」

「はい。祖母は六十年前の時点で晴絵さんが殺人犯だと知っていたのに、依頼者の意思を優先して、あえてその事実を隠し通したわけでしょう？　あのとき祖母が警察にそれとなく伝えていたら、今回の惨劇は起こらなかったかもしれません」

「いや、それは仕方ないだろ。いくら比良坂貴夜子だって神じゃないんだから。将来の事件のことまで分かるわけがない」

「そうなんですよね。祖母だって神様じゃないんですよ。当たり前のことなんですけど、それでも意外だったんです」

天才弁護士として知られた祖母は小夜子に対しては優しい人で、いつも丁寧に小夜子を教え導いてくれた。小夜子自身の判断や希望ややり方はことごとく祖母に修正された。祖母の言葉はいつも説得力があり、その判断は常に正しかった。

──ほらほら駄目じゃない小夜子ちゃん。

──ね？　これはこうするものなのよ。

──あらまあ小夜子ちゃん、それじゃみんなに笑われてしまうわよ？

──ほらね、おばあちゃんの言った通りでしょう？


だから小夜子は心のどこかで、「この世の中にはあるべき正しい答えが最初から存在していて、祖母をはじめとするちゃんとした人たちにはそれが分かっているのに、自分は駄目な人間だからそれが分からないのだ」と信じ込んでいたのである。

完璧《かんぺき》な祖母と出来損ないの自分。

しかし祖母だって別に神ではない。当たり前のことだが、今になってようやくそれを理解できたような気がしていた。

「葛城さんもそうなんですよね」

「何がだよ」

「いえ、間違えることもあるんだろうなぁと」

「アホか。そんなの、当たり前だろ」

「でもいつも、自信満々じゃないですか」

「そりゃ弁護士が自信のない態度をとってたら、依頼者を不安にさせるだけだからな。……って何度もお前に言ったと思うが」

「ああ、言われてましたねぇ、そういえば」

葛城から「お前はもっと自信ありげにふるまえ」と繰り返し言われていたことを、今さらながらに思い出す。そのたびに「自信がないのにある振りなんて、そんな詐欺みたいなことできるわけないじゃないですかー」と聞き流していたのだが、御子神晴絵に対峙《たいじ》したとき、図らずも実践する羽目になってしまった。

何故なら御子神夏斗が、あまりに不安そうだったから。重傷を負い、頼るべき相手が小夜子しかいない夏斗の前で、己のポンコツぶりをさらけ出すことは、さすがの小夜子にもためらわれるものがあったのである。

だから祖母の有能ぶりを意識しつつ必死に演じてみせていたわけだが、思えば弁護士は、いや人はみんな、そんなものなのかもしれない。

「葛城さん、私がんばります」

「おう、頑張れ」

「頑張って、そして……そしていつか、葛城さんが望むような、普通の弁護士になってみせます」

「志が低すぎるわ！」

すかさず叱り飛ばされた。小夜子は内心「ああ、葛城さん元気だなぁ、良かったなぁ」と思いつつ、彼の病室をあとにした。

御子神季一郎の遺産については、遺言が偽物だと判明したことに加え、晴絵が放棄を表明したことで（放棄しなくても相続欠格とされる可能性はあった）、遺産分割協議により夏斗と真冬が半分ずつ相続することで決着した。

御子神夏斗はあの後病院に緊急搬送されて一時は危ない状態だったが、今は順調に回復している。小夜子としても時間を稼いだ甲斐《かい》があろうというものだ。

夏斗が以前言っていた、「あのさ、俺、見たんだけど」とは一体何だったのか。小夜子が見舞いに行って直接問い質《ただ》してみたところ、夏斗は散々ためらったのちに、「ちらっとスマホの画面が見えたんだけど、もしかして、いつも感想送ってくれるサヨコさん……？」とおそるおそる問うてきた。

小夜子が驚いて「それじゃ、夏斗さんが猫神《ねこがみ》先生だったんですか？」とウェブ小説作家の名前を挙げると、御子神夏斗は顔を赤くしたまま頷《うなず》いた。

事件当日、更新再開すると言っていたのに結局停止したままだったので、小夜子としては裏切られた思いでいっぱいだったが、本人が死にかけていたなら仕方ない。

夏斗は「今日から更新再開する、絶対完結させる」と約束してくれたので、小夜子は自分が命の恩人であることをさりげなく匂わせながら、「辺境伯エンドでお願いしますね」と頼み込んだが、そちらの確約は得られなかった。

御子神真冬は母方の祖母に引き取られることが決定した。小夜子が連絡を取ったところ、祖母は娘の忘れ形見を育てることを快く承諾してくれたのである。

もっとも真冬の受け継いだ遺産については「そんなすごい財産を管理するのは怖い」ということで、別に未成年後見人が付くことになった。そこで後見人として真冬に指名されたのが、誰あろう比良坂小夜子である。指名理由は本人曰《いわ》く「なんとなく」らしい。

小夜子は「私なんかの一体どこが良かったんですか？　ぜひ教えてください。後学のために！」と食い下がったが、「だからなんとなくって言ってるでしょ！」と怒られた。

真冬が感情をあらわにするようになったのは大変喜ばしいことである。

もっとも彼女については気がかりな面がないでもない。他でもない死を予言する力のことである。

あれは猫の能力だとばかり思っていたが、どうもそうではないらしい。夏斗が語ったところによれば、なんでも季一郎には予知めいた力があり、動物の声という形で聞こえることもあったという。

「俺は子供のころに祖父《じい》ちゃんから『秘密だぞ』って教えてもらったんだけど、あまり本気にしてなかったわ」とのことだが、真冬の一件と考え合わせれば、にわかに信ぴょう性が増してくる。もしかすると季一郎が事業で成功できたのも、その「力」とやらが関係していたのかもしれない。

それならそれで、あんな遺言を残さないで欲しいものだが、まあ季一郎としても予知できる内容には限りがあるのだろう。なんでも見通すことができるとしたら、それこそ神の領域だ。

いずれにしても、真冬の奇妙な力は今後も別の動物を介して発揮されるのか、されるとしたら、それが本人の成長にどう影響するのか、後見人として注意深く見守っていきたい所存である。


小夜子はそんなことを考えながら、病院の玄関を抜けて外に出た。そして駐車場へと向かう途中、なんとはなしに入院病棟の方を振り返った。葛城の部屋は確か三階の端にある。彼はいつ頃退院できるだろうか。

葛城一馬は小夜子にとってまさに命の恩人だが、実は感謝すべきことはもうひとつある。成海によれば、葛城は現場に来る前に、必死になって成海を説得してくれたというのである。

その件について本人に尋ねてみたところ、葛城は「成海はまた余計なことを」とさも嫌そうに舌打ちをしつつも、「いつも自信なさそうなお前があんなに必死になって断言するからさ。よっぽどのことなんだろうと思ったんだよ」とのことだった。

いい人だなぁ、と心から思う。

うん、本当にいい人だ。なるべく自立した普通の弁護士を目指すつもりではいるものの、それはそれとして、やはりあの人には一生ついて行きたいものだ。

小夜子は改めてそう思ったが、それを本人に伝えると間違いなく傷に障るので、今は心の中にひそかに留めておくことにする。

本書は書き下ろしです。

この物語はフィクションであり、実在の人物、地名、団体等とは一切関係ありません。

天《てん》才《さい》弁《べん》護《ご》士《し》の孫《まご》娘《むすめ》
比《ひ》良《ら》坂《さか》小《さ》夜《よ》子《こ》と御《み》子《こ》神《がみ》家《け》の一《いち》族《ぞく》

雨《あま》宮《みや》 周《あまね》

令和4年 6月25日　初版発行

発行者●青柳昌行

発行●株式会社KADOKAWA
〒102-8177　東京都千代田区富士見2-13-3
電話　0570-002-301（ナビダイヤル）

角川文庫 23223

印刷所●株式会社暁印刷
製本所●本間製本株式会社

表紙画●和田三造

●お問い合わせ
https://www.kadokawa.co.jp/（「お問い合わせ」へお進みください）
※内容によっては、お答えできない場合があります。
※サポートは日本国内のみとさせていただきます。
※Japanese text only

ISBN 978-4-04-111872-6　C0193

角川文庫発刊に際して

角川源義

第二次世界大戦の敗北は、軍事力の敗北であった以上に、私たちの若い文化力の敗退であった。私たちの文化が戦争に対して如何に無力であり、単なるあだ花に過ぎなかったかを、私たちは身を以て体験し痛感した。西洋近代文化の摂取にとって、明治以後八十年の歳月は決して短かすぎたとは言えない。にもかかわらず、近代文化の伝統を確立し、自由な批判と柔軟な良識に富む文化層として自らを形成することに私たちは失敗して来た。そしてこれは、各層への文化の普及滲透を任務とする出版人の責任でもあった。

一九四五年以来、私たちは再び振出しに戻り、第一歩から踏み出すことを余儀なくされた。これは大きな不幸ではあるが、反面、これまでの混沌・未熟・歪曲の中にあった我が国の文化に秩序と確たる基礎を齎らすためには絶好の機会でもある。角川書店は、このような祖国の文化的危機にあたり、微力をも顧みず再建の礎石たるべき抱負と決意とをもって出発したが、ここに創立以来の念願を果すべく角川文庫を発刊する。これまで刊行されたあらゆる全集叢書文庫類の長所と短所とを検討し、古今東西の不朽の典籍を、良心的編集のもとに、廉価に、そして書架にふさわしい美本として、多くのひとびとに提供しようとする。しかし私たちは徒らに百科全書的な知識のジレッタントを作ることを目的とせず、あくまで祖国の文化に秩序と再建への道を示し、この文庫を角川書店の栄ある事業として、今後永久に継続発展せしめ、学芸と教養との殿堂として大成せんことを期したい。多くの読書子の愛情ある忠言と支持とによって、この希望と抱負とを完遂せしめられんことを願う。

一九四九年五月三日

ISBN 978-4-04-109187-6